*Pó
de
parede*

"Bensimon constrói habilmente o olhar infantil e a passagem para a vida adulta com uma voz nova e original dentro da narrativa jovem latino-americana."

Nathalie Jarast
LA NACIÓN

"É um livro que exige uma leitura lenta, um desfrute da sensação anexada à palavra. Ele conduz o leitor por uma escrita singular."

Betina González
CLARÍN

"Carol se utiliza de uma linguagem que, como o pó da parede, esconde estruturas sólidas."

Luiz Ruffato
BRAVO!

"Carol Bensimon sabe que o papel da literatura não é a pressa, a imprudência gratuita, e seus textos refletem sua habilidade e a abnegação de quem escolheu escrever de verdade."
Paulo Scott

"Não lembro de ter visto uma peça arquitetônica ganhar status de personagem de modo tão poderoso em qualquer outro conto."
Daniel Galera

"A escrita melancólica e singular de Carol em três narrativas sobre as complexidades juvenis: um pequeno livro que foi uma grande estreia."
Lu Thomé

Pó de parede

2ª edição

Carol Bensimon

Porto Alegre São Paulo • 2023

Para Gabriel Pillar, em memória.

11 APRESENTAÇÃO
por Carol Bensimon

CONTOS

19 A caixa

59 Falta céu

87 Capitão Capivara

115 POSFÁCIO
Paredes firmes
por Diego Grando

APRESENTAÇÃO
por Carol Bensimon

Esta é uma percepção de quem nasceu na década de oitenta: a partir do ano 2000, o tempo passou a funcionar de outro jeito. Antes, os próprios marcadores ajudavam, pareciam muito sólidos na sua lógica de mil-novecentos-e-alguma-coisa, marcavam um caminho que tinha certo grau de previsibilidade: em 1992 troquei tampinhas de Coca-Cola por um ioiô; em 1995 dancei uma balada do Bon Jovi com um menino; em 1999 enjambrei uma identidade falsa para entrar em uma boate gay chamada Fim de Século.

Então, assim que o ano 2000 chegou com alarde, foi realmente como se tivessem zerado a contagem da história do mundo e da minha trajetória pequena, singela. Como se dissessem: "Uma outra coisa começa agora". Não só porque os números mudaram de uma hora para a outra, não só porque a consolidação de algo chamado internet viria a embaralhar consideravelmente nossa ideia de passagem do tempo; a sensação partia muito do fato de que entrei na faculdade — um poderoso sinalizador da vida adulta que começava — precisamente naquela virada de século. E *Pó de parede* tem tudo a ver com essa passagem.

    A graduação que decidi cursar, por razões não muito bem fundamentadas na minha cabeça de dezessete anos, foi Publicidade e Propaganda, e não quero me estender mais do que o necessário falando disso. O curso me pareceu prazeroso, em alguma medida, pincelando áreas de conhecimento que me interessavam — escrita, psicologia, fotografia, cinema. Ao mesmo tempo, olhando agora para trás, vejo que aqueles quatro anos de faculdade me causaram um efeito adverso, uma espécie de gradativa aversão à lógica do mundo contemporâneo, que era justamente a lógica que eu deveria honrar quando me tornasse uma publicitária. Como disse, eu não percebi nada disso de imediato, embora o efeito esteja aqui, neste livro. Continuei indo às aulas, continuei fazendo meus estágios. Sempre acabava entrando nas vagas de redação. Em uma delas, fiquei um bom tempo, me formei, fui contratada. Minha vida de redatora de segundo escalão se arrastava, e era malvisto você sair no horário certo, tinha que fingir que trabalhava mais, que "vestia a camiseta", que nada era mais importante do que ter trinta e cinco opções de frases trocadilhescas para o anúncio imobiliário da semana.

    Durante a tarde, eu escapava. Havia um armazém ali perto, e eu caminhava até lá para fazer um lanche, mas acabava percorrendo as ruas residenciais do entorno sem muita pressa, divagando, sentindo meu corpo despertar com o ar de fora depois de tantas horas presa em uma sala climatizada quase sem janelas. Foi nesse bairro que encontrei a casa modernista que se tornaria o ponto de partida da primeira das três narrativas deste livro, *A caixa*. Era uma casa esquisita, achatada, com um muro de tijolos vazados e uma porta de vidro fumê. Nunca descobri quem morava nela, mas estava sempre pensando nisso, querendo povoar aquela casa com uma família, povoar a praça deserta logo em frente com duas crianças solitárias, povoar essa história com minhas ideias difusas sobre aparências, adequação, morte, futuro. Naquela altura, a vida já tinha me mostrado que o verniz de perfeição que reveste certas famílias pode esconder sérios problemas de saúde mental. Era hora de começar a escrever.

Parece cedo demais sentir nostalgia aos vinte e poucos anos, mas era isso que estava acontecendo naqueles primeiros cinco anos do novo milênio. A dizer pelas canções no toca--discos — um toca-discos! — do diretório acadêmico da Faculdade de Comunicação da UFRGS, eu não era a única a me agarrar afetivamente a marcas de uma época ainda não tão distante: *Ten*, do Pearl Jam (1991), girava quase todas as tardes enquanto os estudantes jogavam sinuca ou conversa fora em bancos desconfortáveis. Nas festas, era comum ouvir os maiores hits da onda eurodance da primeira metade dos anos noventa. Lembro que começamos a usar com bastante frequência o termo "consumo irônico" para nos referirmos a esse tipo de comportamento. Parecia uma defesa, uma maneira de mantermos uma suposta dignidade diante de algo que, segundo nossos eus agora adultos, deveríamos considerar ruim. No fundo, acho que muitos de nós tinham medo. Medo do futuro, medo de ter deixado um lugar — a infância, a adolescência — e de ainda não saber onde diabos estávamos. Então olhávamos para trás. No carro, eu escutava Guns N' Roses, No Doubt, Roxette.

Acho importante trazer um pouco do clima dessa época, porque foi dela que este livro nasceu, embora as histórias tenham sido propriamente escritas entre 2006 e 2008. É inegável que os três contos estão carregados de nostalgia e dos receios que sempre acompanham uma nova fase da vida: Alice e Tomás, em *A caixa*, observam seu velho bairro como se observassem a infância perdida; em *Falta céu*, a disruptura causada pela construção de um condomínio em uma cidade pacata espelha a chegada da adolescência de Lina (e, com ela, todas as suas inseguranças e dúvidas); Clara, de *Capitão Capivara*, sonha em ser escritora, mas o caminho para *talvez* chegar lá vai trazer surpresas e humilhações.

As narrativas surgiram na ordem em que estão. Ao colocar o ponto final em *Falta céu*, provavelmente no jardim do edifício onde eu ainda morava com a minha mãe, eu sabia que estava a caminho de um livro. Precisava só de mais uma narrativa para fechar uma trinca em que elementos arquitetônicos são também personagens ou, no mínimo, catalisadores da ação. Assim surgiu *Capitão Capivara*, talvez a mais bem-humorada das três histórias, ainda que a melancolia recubra as superfícies do hotel algo decadente onde a trama se desenrola em duas vozes: a do escritor de sucesso Carlo Bueno, em crise com o fim de um casamento e com suas escolhas profissionais, e a da jovem Clara, que procura trabalho no hotel em busca de uma experiência "autêntica", longe das amarras da sua vida de classe média alta. A busca por uma suposta autenticidade, aliás, continuaria guiando minha literatura (e, em certo sentido, as minhas escolhas de vida).

Esse período entre a adolescência e a consolidação da minha vida adulta, que começou exatamente na virada do milênio, teve também um fim preciso e abrupto: 4 de dezembro de 2006. Foi nessa data que meu melhor amigo saiu de uma festa e, em uma descida não muito longe de onde eu morava, perdeu o controle do carro. Gabriel tinha vinte e dois anos. Foi a primeira vez que muitos de nós tiveram de encarar a morte. Algumas cenas nunca vão sair da minha cabeça. Sem o Gabriel, o grupo de amigos da Faculdade de Comunicação perdeu seu centro criativo, o grande agregador, o menino que transbordava entusiasmo. A partir dali, cada um foi arrastar os seus fantasmas em um caminho diferente.

Embora este seja um livro com marcas geográficas vagas — algo que eu só mudaria em minha literatura a partir de *Todos nós adorávamos caubóis* (2013) —, o hotel de *Capitão Capivara* também foi inspirado em um lugar que existia: o hotel Laje de Pedra, em Canela, na serra gaúcha. E digo *existia* porque, em 2020, após anos mergulhado em problemas financeiros, esse lugar que me deu tantas memórias desde os anos oitenta anunciou que estava fechando as portas. Posteriormente, foi comprado por uma incorporadora, e agora se encontra em processo de expansão e revitalização, a fim de "oferecer um padrão hoteleiro internacional de seis estrelas inédito na região". Será outra coisa, em resumo.

Há tempos costumo brincar que tenho um toque de Midas ao contrário, que acabo selando um destino trágico para as casas e os prédios que coloco em meus livros: anos depois de sair daquele emprego para tentar viver de literatura, passei na esquina onde ficava a casa modernista de *A caixa* e só o que vi foram os tapumes anunciando a construção de um novo empreendimento. Enquanto escrevia *Sinuca embaixo d'água* (2009), o Timbuka, icônico bar às margens do Guaíba que era central no meu romance, foi impiedosamente demolido pela prefeitura de Porto Alegre. A especulação imobiliária também varreu do mapa um prédio salmão dos anos cinquenta na esquina das ruas Mostardeiro e Comendador Caminha, de onde um personagem do mesmo *Sinuca embaixo d'água* teria visto o acidente de carro de Antônia. Com o tempo, entendi que não havia coincidência nisso e, menos ainda, que minha mão podre de ficcionista jogava uma espécie de maldição sobre esses lugares. O que de fato acontecia é que eu me sentia atraída por casas e prédios *já* ameaçados por não se encaixarem no padrão de cidade que ia se desenhando. E eu queria desesperadamente preservá-los da única maneira que podia: escrevendo sobre eles.

Reler *Pó de parede* depois de quinze anos foi esquisito. É mais ou menos como encontrar uma velha fotografia de si mesmo e ter a sensação de que estamos olhando para outra pessoa. Ao mesmo tempo, reconhecemos o sorriso, reconhecemos o olhar. Em termos de linguagem, eu ainda estava, neste livro de estreia, experimentando estilos ou, no mínimo, variações de um estilo. A prosa de *Falta céu* é a que mais destoa do rumo que eu tomaria nos romances. Ainda assim, o jeito de ver as coisas e os temas tratados ali — as mudanças do espaço, a crítica ao consumo, as sutis tensões sociais — permaneceram em todos os livros que publiquei depois.

    Pó de parede foi, e continua sendo, uma obra muito querida pelo público. Teve uma excelente repercussão na mídia para um livro de estreia publicado por uma editora independente, me levou a escolas, circulou entre adultos e adolescentes, selou amizades e fez com que eu recebesse um sem-número de mensagens sobre o final aberto de *Capitão Capivara* ("Acho que meu livro veio com um erro de impressão"). Eu certamente não imaginava que essas histórias seriam tão lidas quando deixei minha cadeira de redatora publicitária em busca de ar puro, personagens, casas, uma outra vida.

2007

Como a casa dos Larsen estava abandonada desde o ano anterior, as folhas secas cobrindo o caminho até a porta, o que Tomás fez foi tirar uma tábua e passar pela janela quebrada, vendo então com raiva ao chegar lá dentro que outros já haviam estado ali, que haviam trazido garrafas e cigarros cujos restos amarelados lembravam confetes num final de festa, que haviam assinado seus nomes nas paredes e desenhado corações, o spray amador levemente escorrido em vermelho. O cheiro de lugar fechado, de coisa molhada e esquecida, bem marcava a tragédia dos Larsen. Tomás colocou a tábua no lugar e acendeu a lanterna. Fez o feixe de luz dançar pelas paredes até que cruzasse com a presença melancólica de uma poltrona rasgada, bem no meio da sala vazia. Não lembrava dela, mas por que os Larsen teriam deixado uma poltrona para trás?, com aquela postura aristocrática e perturbadora de qualquer coisa imitando o século dezenove. Subiu as escadas e, à medida que subia, sentia menos a presença dos invasores e mais a sua própria e também a dos Larsen. Subiu até o sótão e as tábuas rangiam e a janela estava difícil de abrir, mas cedeu num estalar de vencida. A melhor maneira de ver todo o bairro era mesmo a partir do topo do dois-cinco-um, como agora Tomás lembrava de ter feito com Alice tantas vezes e tantos anos antes, e olhando assim reencontrou primeiro as sombras dos jacarandás esticadas na calçada e logo mais a fila de casas adormecidas com seus sacos pretos de lixo à espera. Tomás sentou como sentava nas outras vezes, na beirada da janela e com a boa sensação de ter as pernas no ar. Tudo ainda se parecia. Nos pátios, lá estavam as piscinas, agora sem razão porque as crianças já haviam crescido. Os carros tinham diminuído de tamanho com os anos, mas os telhados ainda eram pontudos e com chaminés, mesmo que nunca fizesse tanto frio. Como em desenhos infantis.

Tomás esperava Alice voltar nessa noite que era um pouco todas as noites da sua infância. Em volta, o escuro e o sono do bairro criavam uma falsa harmonia, todo detalhe escondido, todo defeito na sombra. E como o dois-cinco--um estava no topo de uma ladeira, a vista então diagonal das ruas bem traçadas com as casas todas iguais, Tomás diria que as árvores poderiam ser de esponja, as paredes cortadas com estilete, tudo maquete, onde os lugares têm aquela perfeição que não alcançam nunca quando se tornam reais.

Logo em frente, na praça, o canto cansado de um pássaro teve como resposta o ranger dum bêbado num balanço, e Tomás olhou para além das copas escuras das árvores. A casa de Alice se acendera. Só a praça separava as duas casas. A casa de Alice no fim da descida como se de repente mais um pedaço da memória de Tomás houvesse clareado. Suas paredes muito brancas, um cubo perfeito, agora espalhavam a luz, criando um halo que a separava de todo o resto. Aquela casa sempre fora a mais estranha e a mais polêmica de todo o bairro, e Tomás sorriu lembrando do espanto interminável dos vizinhos. Era como uma nave que houvesse decidido aterrissar no meio da cidade, ou um set montado para que se criasse de novo um filme antigo sobre o futuro.

E bem no meio desse cubo de influências modernistas, ideia de um arquiteto louco e ambicioso, havia um jardim, furando com precisão o concreto, e daí os muitos verdes das plantas do pai de Alice dispostos pelas beiradas. Sem telhas ou nada que lembrasse o formato tranquilizador de um sonho padrão, com muito vidro de cima a baixo e também esquadrias de alumínio, embora o excesso de transparência fosse compensado por um muro de tijolos levemente vazados, Tomás começou a pensar o quanto de Alice era produto daquela inadequação. E então um táxi apareceu distante e varrendo a rua com os seus faróis, e diante dele o estômago de Tomás respondeu como o de um adolescente. Pensou em descer e fazer uma surpresa antes que ela entrasse em casa, mas não se mexeu, pela graça de ser só e por enquanto espectador.

À espera de Alice, a casa iluminada celebrava a sua resistência.

1991

Para tudo, minha mãe tinha uma dancinha. No meio da sala inesperadamente começava a balançar os quadris sempre com os cotovelos dobrados e as mãos tensionadas, como se lutasse um tipo de boxe para senhoras. Seus olhos ficavam fechados o tempo todo. Minha mãe estava dançando numa porção de fotos nos álbuns, as que tinham as cores já meio azuladas dos anos setenta, e com alguma frequência aparecia querendo levar alguém junto para a sua dança. Ela dançou enquanto eu ensaiava *All my loving* na flauta doce para uma apresentação do colégio. Dançou quando ganhamos um sofá numa promoção, que depois pareceu inadequado demais para ficar entre nós e que então acabou no apartamento do tio Vítor. Dançou e me puxou para a dança quando eu tirei o Nirvana do som e coloquei um dos seus Van Morrison, confessando que não era de todo mau um pouco de folk vez ou outra. A morte do ditador de um pequeno país também a fez dançar.

Alice querida, você pode por favor aumentar o volume?

Na maioria das vezes eu estava bancando a concentrada noutra coisa. E meu pai no jardim, suas unhas sempre com contornos de terra. Ele era botânico. Meu pai andando de joelhos no jardim. As mudas que comprava ficavam em fila sobre a laje, então, depois de olhar e imaginar o lugar de cada uma nos canteiros, como um pintor escolhendo as suas tintas, tirava os plásticos com doçura, planta por planta, como se fossem bebês embalados. E eu na sala. A mãe circulando. Eu e os meus legos no tapete, seguindo as instruções pela centésima vez. A última coisa era encaixar as florezinhas na frente da casa, no mesmo quadro que também mostrava a caixa do correio. Mas quando tio Vítor vinha, queria fazer diferente, e ficava brincando de esconder o manual. Tio Vítor era o único que sentava comigo sobre o tapete, e ainda cruzava as pernas como um indígena.

Meu pai olhava os brotos como se não soubesse o que sairia dali.

O pai tinha ideias no jardim. Por exemplo, de fazer um chili tão forte que teríamos um balde d'água em cima da mesa do jantar, disse ele rindo. Veio do jardim com isso na cabeça. Senti na hora que chili tinha alguma coisa a ver com o passado dele e da mãe. Ficaram se olhando. Um para dentro do outro. Meu pai sentou no sofá com a manta de lhamas bordadas. Minha mãe estava de pé, dançou. E se olhavam. Enquanto se olhavam, era como se um monte de fiozinhos invisíveis os ligassem em suas situações secretas compartilhadas, e eu de fora. Mas dessa vez quase não durou. Parecia que tinham se surpreendido numa situação embaraçosa, do tipo quando nos vemos numa velha filmagem e ficamos envergonhados pelo nosso comportamento de anos atrás. Minha mãe estava morrendo de medo que logo se sentisse ridícula demais para fazer esse tipo de demonstração, então cada dança era como se fosse sua última faísca de vida, antes de ter que se balançar em segredo entre seu quarto e o banheiro, ou na frente do congelador.

    Eles estavam ficando velhos, meu pai e minha mãe, e suas ideias também. Haviam se conhecido porque montaram as barracas uma ao lado da outra, na beira de um penhasco, o tipo de acontecimento onde todos dançavam pelados, pelo menos na minha imaginação. Depois andaram de moto por um montão de quilômetros, mandando para suas famílias cartões-postais provocativos que relacionavam liberdade com vento batendo no rosto. Haviam tomado ácido. Um dia me encorajariam a tomar. Envelhecer era o tipo de coisa dura para pessoas como eles.

    Agora já era noventa e um, gente com camisa de flanela andando de cabeça baixa. Logo eu teria as minhas também. A minha cabeça pelo menos já olhava para o chão, mas na minha casa era sempre sessenta. Lá fora ela dizia pelas paredes que ainda acreditava num tipo de futuro excêntrico. Lá dentro os discos cantavam que o mundo estava mudando, canções de trinta anos atrás com esperanças mofadas. Então havia as festas, porque ainda era possível achar duas dúzias de pessoas como meus pais. A casa se iluminava toda e o bairro queria saber o que estava acontecendo, mas não conseguia descobrir direito. Ele não entendia coisa nenhuma. Na nossa sala e no nosso jardim e um pouco por todos os outros cômodos, os amigos dos meus pais discutiam onde é que estavam quando Martin Luther King fora assassinado e, enquanto falavam Alice como você cresceu, me ofereciam um gole de algum drinque brilhante, com uma sombrinha mergulhada dentro.

Eu olhava para cima, para além de suas cabeças. Ficava observando o quadrado de céu que a nossa casa havia desenhado. Às vezes dava a sorte da lua ir parar por ali. Mas a maior parte do tempo eu ficava no sofá tentando ver desenho animado sem som enquanto eles circulavam. Não sabiam o que fazer com tanta disposição. Havia uma nuvem tóxica de saudosismo sobre aquela gente. Eu subia para dormir enquanto as pessoas continuavam lá fazendo barulho, e não porque os meus pais me mandavam para cama: era só o que eu estava mesmo a fim de fazer. Eu não era enérgica como eles. Preferia ser quieta, desconfiada, um pouco precoce na tristeza. Sem que eu ainda soubesse, eu estava tentando sobreviver. Fazer com que todos nós sobrevivêssemos. Como se eu pudesse evitar que a casa explodisse de uma hora para outra, num arco-íris de energia hippie. Eu tinha onze anos e esse tipo de dever. Enquanto isso, eles dançavam.

Pegue um dia de calor. O bairro está fervendo e se preparando para as férias. Eu dentro do ônibus escolar. Uma bala gigante, do tipo que contam já ter matado crianças, passeia pelo interior das minhas bochechas. Foi o motorista quem me deu, é sempre simpático comigo o motorista do ônibus que me leva de casa para a escola e da escola para casa, porque sabe que eu não tenho amigos e que grande parte das bolinhas de papel que os meninos jogam dos tubos de suas canetas bic vão parar na minha nuca. E eles estão lá atrás, no último banco, rindo. Os amigos que eventualmente faço só duram até que suas famílias percebam o quanto somos estranhos, eu, meu pai, minha mãe e minha casa, por isso nos recreios fico sozinha com o meu walkman, sentada e marcando o ritmo com o pé, de preferência onde não me surpreendam com a minha solidão.

    O bairro vai passando na janela, os cheiros dos almoços se misturam no meu nariz e as casas se repetem como num gibi feito por um desenhista preguiçoso, mas uma floreira na sacada é suficiente para acreditarmos em calor humano. Não há muita gente andando por aí, faz calor pra burro mesmo, e os cachorros devem estar dentro de casa fazendo cocô sobre jornais porque os seus donos não vão encarar um passeio com eles agora. Sigo olhando mais do mesmo, então começo a sentir sobre mim o olhar de alguém. Viro para o lado, para a outra fila de bancos. Tomás está me encarando com aquela cara inocente dele. O Tomás é um menino que também não costuma falar muito com os outros, porque é ruivo, intensamente ruivo com um milhão de sardas, e isso gera um monte de apelidos e implicâncias, mas a impressão que dá é que ele não se importa, porque está sempre sorrindo e bancando o bobo. Como agora. Eu tenho um cabelo ridículo cortado por uma amiga da minha mãe que também faz mapa astral, é isso que Tomás está vendo. Uma franja para brincar de esconde-esconde. Tento me vestir como meus colegas, mas alguma coisa sempre dá errado: ou chego atrasada demais na moda, ou visto duas coisas que sim todo mundo está usando, mas não ao mesmo tempo. Tomás sorri e vem sentar junto comigo. Sua mochila aterrissa antes que ele chegue. Pah no banco, e ele senta depois. Oi, Alice. Oi. Tomás gosta muito de falar sobre guerreiros e elfos, não duvido que logo comece, e também teorias sobre Jack, o Estripador, o que pode ser divertido se eu puder dizer uma coisa ou outra sobre histórias de detetive e música

barulhenta, mas acontece que ainda não me sinto disposta a fundar o clube dos anormais.
 Ei, você vai na reunião dançante da Laura?
 Eu digo: Hm. Sei lá.
 Mas o que estou pensando é: segurar os ombros de garotos que me odeiam não é exatamente o que imaginei para o fim de semana, isso na melhor das hipóteses, porque a outra opção também é ficar esquecida numa cadeira da garagem de Laura e caminhando de tempos em tempos até a mesa dos salgadinhos para fingir que tudo está se passando muito bem. E o que foi mesmo que eu imaginei para o fim de semana? Nada.
 Laura também está no ônibus, lá no primeiro banco e olhando para frente. Uma das nossas colegas está sentada do lado e resolve cochichar algo no seu ouvido, mas não dá para saber o que Laura está achando a respeito disso, porque o seu corpo não nos fornece indícios suficientes. Talvez ela tenha um pequeno sorriso, talvez não. Continua reta no banco como se a ameaçassem com um castigo do tipo escrever sessenta vezes no quadro Eu sou uma menina má. É bem típico de Laura manter uma expressão de neutralidade misteriosa, às vezes dá mesmo para se perguntar se ela tem de verdade doze anos, ou se já passou por tudo na vida e nada mais a surpreende, como a sua cara costuma nos dizer.
 Laura não devolve a fofoca e a outra garota parece ter desistido de falar e vira para frente também. Durante as aulas, Laura costuma fazer e desfazer as às vezes pequenas outras vezes grandes tranças nos seus cabelos. Passa todo o tempo ocupada com isso em gestos já automáticos em vez de copiar a matéria ou trocar bilhetes com as outras garotas, embora alguns sempre cheguem na sua mesa

sem que ela os tenha solicitado, porque é fácil querer ser amiga de Laura: ela responde com um A estrelinha à grande tríade da popularidade, ser bonita, ser loira e ser rica. Também é uma dessas crianças que os adultos costumam achar adoráveis, porque sentam quietinhas junto aos mais velhos e não se importam de ouvir toda a bobagem e de comer um monte de verduras segurando os talheres muito corretamente, e inclusive se houver mais do que um simples garfo e uma simples faca, Laura saberá usar essas outras coisas também. É claro que eu sinto um bocado de inveja, mas ela já riu por cima do meu ombro no dia em que desenhei a professora de ciências com pés de porco na última página do caderno, e eu me virei para trás e nós nos sorrimos ao mesmo tempo, e arrancar aquilo de dentro da Laura foi uma vitória e tanto. Quero dizer, ela não parece me odiar como todas as outras.

Mas agora a minha casa já está nas janelas do ônibus e esse é o momento em que eu fico mesmo constrangida, com a sensação bem nítida de que todos estão olhando o belo conjunto formado por Alice, a estranha do colégio descendo do ônibus, e a sua casa dos Jetsons que só falta ter esteiras rolantes levando até a porta. Mas rampas tem. Minha sorte é que ninguém vê, a não ser que sobrevoem com um helicóptero ou subam num telhado vizinho, porque estão por dentro, no nosso furo-jardim, levando direto para os quartos no segundo andar sem que a gente tenha que necessariamente cruzar a sala. Ahá, o Sr. Kowalski, caríssimo arquiteto, pensou em tudo o que podia. De qualquer maneira, não precisa nem saber a respeito das rampas para achar a nossa casa uma verdadeira coisa de louco. O motorista diminui a velocidade e, nos bancos de trás, os garotos fazem silêncio.

*

A nossa casa é a Caixa. Você pode ouvir os vizinhos sussurrando. A nossa casa é uma coisa que os deixa incomodados. Não se pode ter uma vida normal dentro dessa casa, é o que eles pensam. Não sabem quase nada e ficam tentando adivinhar, isso lhes dá diversão à beça. Dona Yeda, por exemplo, com seus vestidos floreados como toalhas de mesa. Sua pele enrugada pra burro faz a gente achar que durante toda a vida, a longa vida, ela fez um milhão de caretas que, sem terem para onde ir, ficaram ali pelas dobras. Mas agora Dona Yeda tem sempre a mesma cara, a de câmera de filmar, e nem um carro entrando a toda pela esquina tira alguma parte de sua concentração na Caixa. Anda aqui pela frente indo até o mercado ou à farmácia, e as bolinhas pretas dos olhos parecem decididas a pular o nosso muro e conferir o que é mesmo que se passa aqui dentro. Na certa cachimbos de crack pelo chão. Com isso tenta ser discreta, sem precisar virar muito a cabeça, mas acaba ficando com uma cara das piores. E além do mais sempre Dona Yeda com aquele jeito de quem poderia ter uma surpresa vinda da Caixa a qualquer hora, preparada para tomar um susto e ter que dar uns passos para trás ou se proteger com a pequena bolsa ridícula ou apertar na palma da mão o dinheiro todo dobradinho que leva para o mercado. A velha adoraria por exemplo ver um piano de cauda sendo jogado pela janela e indo se espatifar na calçada com mil notas sobrepostas contando a nossa desgraça.

    E quando a mãe está ali pela frente é Olá Dona Yeda tudo bem com a senhora? Ela não cansa de ficar surpresa com toda a educação da Família Caixa e tudo óti é o que diz, querendo dizer tudo ótimo, mas a boca fecha antes de terminar e ela já está dando as costas e começa a andar o mais rápido que pode. Eu me divirto um bocado e quando a mãe entra depois desses rápidos encontros com Dona Yeda, pergunta Alice você viu a cara dela? Se eu estou de bom humor, digo que sim e começo a forçar os olhos para o lado e andar com os pezinhos bem juntos e a coluna inclinada. Minha mãe ri pra valer. Outras vezes eu estou cansada demais da Caixa e de ser a Caixa Filha, então digo Não vi, e vou para o meu quarto. Pode apostar que a mãe fica pensando que logo eu serei uma adolescente do pior tipo, e logo mais ela sai ainda refletindo sobre isso para dar as suas aulas de francês às pessoas muito esclarecidas da cidade. Sois polie, Alice.

Então estou no meu quarto com o convite rosa de Laura na mão. A letra tão bem feita com certeza é da Sra. Larsen. Colado no retângulo de cartolina há o desenho de uma menina e um menino dançando com sorrisos enormes. Tem coisas que gosto de fazer quando meus pais não estão na Caixa, como jogar videogame com o som altíssimo, mas nesse dia invento de olhar pela janela e lá está Dona Yeda passando, será possível? O que vejo de fato são pedaços da Dona Yeda, porque em volta da casa nós temos um muro de tijolos de cerâmica furados. O Sr. Kowalski chama isso de combogós. Acho que a ideia é que possamos ver o mundo, mas que o mundo não possa nos ver. O que na verdade acontece é que também não vemos coisa alguma. Experimente com esses furos. É como um quebra-cabeça de mil peças que você decide montar no terraço e metade das peças sai voando para sempre num começo inesperado de tempestade.

Dona Yeda vai passando de um furo para outro. E em outro furo de repente uma bicicleta. Uns furos adiante, a cabeça sobre a bicicleta. A cabeça ruiva sobre a bicicleta. Depois o bzzzzz da campainha. Guardo o convite e vou até a porta.

Oi, Alice.

Oi.

Quer dar uma volta?

(gira os pedais para trás para que a correia ressoe a pergunta)

Eu não tenho bicicleta.

Tudo bem. Posso deixar a minha aqui?

Havia colocado aquelas continhas coloridas que ficam girando nas rodas, caindo e subindo como ampulhetas. Atravessamos a sala com esse som, até o jardim. Tomás diz: poxa, é legal aqui. Isso enquanto ele tira as luvas. As luvas sem dedo de ciclista com as palmas encardidas que você deve usar se quer sentir cada poça como um grande desafio.

Saímos juntos para a rua, para a pracinha. Faz um calor de matar. As outras crianças preferem brincar nas suas casas, até porque na praça há um bocado de sujeira dos caras de jaqueta de couro que aparecem durante a noite e ficam rindo hohoho não hahaha pois são muito machos e suas garrafas de cerveja rolam pelos degraus da praça. Isso e mais o que dizem os pais das crianças, cuidado com estranhos não aceite balas pode haver seringas na caixa de areia. E no fim das contas as pracinhas sempre têm menos crianças do que a gente imagina que deveriam ter.

Tomás vai se deitar no chão, perto de onde está brotando o calor, onde há grama e trevos, nunca os de quatro folhas por mais que se procure bem de perto, e ainda a grama na verdade está meio virada em palha, com furos expondo a terra. Floquinhos se desprendem das hastes verdes quando incomodadas. São os saltos dos pulgões. Tomás vai esticar os dedos para afastar um papel de chocolate onde ainda resistem umas linhas marrons derretidas e que as formigas estão tratando de mordiscar. As outras crianças estão nas suas piscinas. E as formigas, o grosso delas, embaixo da terra.

    Quando eu era menor, era essa história que eu gostava de ouvir, dizia ao meu pai Conta de novo sobre as formigas. Não me interessava nem um pouco a forma como se organizavam, e nada sobre a rainha ou como tiravam nacos de folha das folhas ou como faziam para achar sua casa sem mapa ou nome de rua, porque em tudo isso, enquanto o meu pai falava na sua pose de cientista, eu já estava era pensando a nojeira que as formigas fariam com aquelas folhas, esperando pacientemente que se embolorassem. As formigas não comiam o verde: deixavam que se transformasse em podre para então se alimentarem com o que já não era mais, e as paredes dos seus túneis estavam todas brancas e cabeludas de colônias de mofo, no oco do debaixo da terra, em lugares enormes e alguns tão gigantes que um homem poderia andar agachado. E enquanto eu tinha os olhos arregalados de oito anos que imaginam um dia estar caminhando na rua e simplesmente cair num tropeço para dentro desse misterioso mundo subterrâneo, minha mãe, se estivesse perto, diria: essas formiguinhas morando no Palácio de Versalhes hein, e ria, e no seu riso havia toda a solidão de uma piada não compartilhada.

    Conto isso para Tomás com ares de meu pai, deixando pra lá a parte sobre o Palácio de Versalhes. Ele levanta um pouco e me encara. Estou em cima do balanço, de pé na tábua vermelha e lascada. Tá brincando que um homem cabe lá embaixo! Eu digo que sim. Nossa, é genial!, e deita de novo e acho que fica pensando sobre isso enquanto eu ouço o rangido ritmado do balanço e enquanto minhas mãos pegam o cheiro de ferrugem das correntes. Tomás todo ruivo é um sol deitado no chão. As piscinas das casas ficaram mesmo barulhentas de crianças. As pernas e os braços batendo na água, ou uma grande bola cheia de ar passando por cima de uma cerca. Logo alguém vai dizer lá de dentro do seu suco de laranja e da sua Fórmula-1 na tevê Ei filho, cuidado com a beirada. Outra coisa que adoram dizer: depois do almoço, meia hora sem entrar na piscina, hein. Eu já ouvi falar que é porque crianças são capazes de explodir como balões. Você imagina a que ponto pode chegar o controle dos adultos só reproduzindo material de quinta há uns milhares de anos.

Então Tomás vem com uma ladainha bem sem graça sobre a escola e tudo o mais, e vou esticando a largura do sorriso sem notar, e no final estarei gargalhando quando ele fizer uma péssima imitação de zumbi, e o zumbi vai voltar muitas vezes naquele verão de temperaturas acima da média, sempre que Tomás achar que estou séria demais agachada ouvindo o Sr. Larsen tomar tardias lições de piano ou quando andarmos até os limites do bairro com a sensação de que podemos ultrapassar e seguir, mas sempre no fim dando meia-volta enquanto procuramos entender por que ninguém além de nós está na rua a essa hora da noite. Depois do zumbi, será o silêncio. Mas na praça ainda temos onze anos, eu e Tomás com as bundas na gangorra dizendo que aquele é o pior brinquedo do mundo, quando o pior ainda nos faz rir pra valer, e quem será que inventou esse negócio de descer e subir? Vai ter sempre alguém querendo bancar o espertinho e deixar você presa lá em cima com as pernas no ar esperando que ele termine o riso e se canse. Depois Dona Yeda passa na calçada com sacolas e olhando. O fim de tarde já está meio encaminhado no céu. Os pais começam a chegar e descer dos carros para abrir suas garagens. As crianças enroladas nas toalhas já têm os dedos murchos. Seus pés batem nas lajes agitados enquanto as mães tentam enfiar uma ponta enroscada da toalha dentro de suas orelhas. É hora do meu pai continuar no laboratório da faculdade pingando líquidos e etiquetando frascos e se interessando por coisas tão pequenas que a gente não vê. Minha mãe já está em casa e deve estar pensando onde é que posso ter ido, numa mistura de preocupação e alívio porque então poderá fumar um cigarro encostada no corrimão da rampa, dando baforadas para cima, rápida, uma tragada em cima da outra, para depois espalhar o cheiro com a mão como uma adolescente. Talvez ela não tenha ainda reparado na bicicleta, nem nas luvas de Tomás sobre a mesinha branca do jardim. Estamos caminhando. Ele diz Por favor, vai na festa, diz que vai na festa. Pede isso com as mãos juntas e os dedos entrelaçados, na minha frente, por uns metros andando de costas. Está bem, vou pensar, juro que vou pensar. Ele sorri. Tomás, além das sardas, tem duas covinhas assimétricas.

O dia acabando sobre a casa dos Larsen faz as paredes azuis ganharem um ar de lilás. A Sra. Larsen está parada diante da garagem com uma bandeja de salgadinhos, como uma boneca levemente encostada para que fique de pé, o sorriso constante e vermelho das bonecas. Os Larsen têm uma argola dourada na porta de entrada e as crianças gostam de usá-la para se anunciarem dramaticamente, embora ela esteja ali só para bonito, e o seu ruído pesado não combine em nada com o efeito que causa quando se olha para ela. Mas nesse dia todos vão entrar pela garagem, e é para lá que estou indo também, na rua silenciosa de sábado, como se tudo tivesse se calado por respeito à chegada prematura da nossa juventude. Há balões sobre a porta da garagem, e no fim da festa os garotos saltarão para alcançá-los e os apertarão até que explodam nos ouvidos das meninas.

Antes que eu chegue perto demais, vejo que Laura está saindo de dentro de casa, e a Sra. Larsen larga o seu posto para ir arrumar o cabelo da filha, o braço direito levanta e encosta numa mecha, e então Laura a afasta com um gesto mal-humorado. Agora a Sra. Larsen já deu de ombros e entrou com a bandeja de salgados e tudo e, no meio do caminho, eu e Laura nos cruzamos. Ela está linda com um vestido branco e uma borboleta no cabelo. Diz: Oi Alice, legal que você veio. Ouço a música saindo para fora, se deformando com a distância e, quando digo oi, Laura já me arrastou para a garagem. O centro dela está vazio e os que já chegaram, sete ou oito, se distribuem pelos cantos, com umas caras horríveis de constrangimento. Laura me deixa perto da fila de cadeiras desocupadas onde depois vão sentar as meninas. Do meu lado e coberto por um lençol, há um cortador de grama. Os Larsen compraram e rosquearam lâmpadas coloridas pelo ambiente, de maneira que todo mundo está meio esverdeado e sobretudo o Fred, bem embaixo de uma das luzes tentando ler as contracapas dos discos. Fred é o irmão mais velho de Laura e ele está nesse sábado operando um equipamento com uma dúzia de botões, mas tudo o que lhe interessa é aumentar o volume. Fred parece estar apaixonado pela sua função, o único corpo que se move à vontade, fazendo caretas como se mobilizasse multidões ali na garagem onde os azulejos rebatem seu esforço sem sentido.

E chegam mais dois colegas correndo. Um deles não calcula bem o espaço que tem para entrar e dá com o ombro na porta da garagem. Quem estava quieto começa a rir um pouco, e cada princípio de risada autoriza uma risada maior, até que a coisa se torne meio desproporcional. Tudo fica mais leve. Fred pela primeira vez olha para os outros, e quando seus olhos encontram os de Laura, trocam um pequeno sorriso misterioso. Logo mais quatro meninos em roda vão de brincadeira distribuir socos uns nos outros de acordo com o ritmo da música que estiver tocando, enquanto as meninas continuarão estáticas com as suas conversas em voz baixa, porque se sentem desconfortáveis para sair pelo atalho da infância, mas também ainda não sabem o que fazer daqui para frente.

Quando Tomás entra com o cabelo duro de gel, só me acena e vai se alinhar com os meninos, e fica assim perto deles, mas sem que fale ou participe de suas brincadeiras. Então seguido olha para os próprios sapatos, os sapatos são um sério problema, e ao que parece Tomás está pensando se deveria ter mesmo os colocado para a reunião dançante, ou se não teria sido mais sensato esperar que uma prima distante se casasse. Eu sinto que as pessoas me olham e se perguntam por que eu vim. Eu sinto que não saberia dizer por que, e fico contente quando desapareço no meio das baforadas de gelo seco.

Agora estão todos dançando as músicas aceleradas, já são mais de vinte meninos e meninas misturados numa roda. O olhar de uma garota percorre minhas roupas estranhas com a maldade de um adulto e a indiscrição de uma criança. O cheiro doce me enjoa. Sento sozinha na fila de cadeiras. Tomás está com uma cara de esforço descomunal para interagir com os outros, então ele faz um gesto pedindo que eu levante também. Faço que não com a cabeça, tentando esconder minha raiva, e fico olhando as pernas das pessoas se mexendo excessivamente. Estou tonta e mergulho num tipo de delírio. Lembro da minha mãe, as dancinhas da minha mãe, os copos dos seus amigos abaixando para que minha boca se apoie nas suas beiradas, suas músicas com violões e talvez flautas, minhas músicas cheias de berros que eu não ouso berrar, no fundo do ônibus os meninos riem tanto que posso ver o buraco negro de suas gargantas, de repente é minha casa como um filme mofado e riscado girando com o barulho do projetor e tudo, esses filmes antigos que só por serem antigos já nos fazem chorar, e a casa cresce como se eu estivesse correndo, na rua não há nada que não seja a minha pressa e a minha vergonha e, quando chego perto, a porta de vidro da Caixa me reflete e Dona Yeda está agora no fundo da tela espichando a cabeça. Então logo é como se o holofote houvesse decidido me mostrar Laura, somente Laura, como se Laura estivesse dizendo ou fazendo alguma coisa importante para mim mas que eu não consigo compreender e lá está Laura no meio da roda de dança, com os seus pés desenhando ondas quase raios imprevisíveis no chão da garagem. É nessa hora que sinto alguém próximo, e alguém está dizendo Você tá bem?, é o Tomás, suas sardas parecem três Vias Lácteas sobrepostas, ele de novo Alice Alice Alice, enquanto me levanto e caio.

*

Quando acordo, estou na sala dos Larsen, deitada num sofá e com a cabeça levantada por duas almofadas fofas. A luz do abajur do meu lado, a única luz, é como um cobertor que me tapa até a cabeça. Olho para a escada. No segundo andar acabam de acender uma outra luz, que então ilumina a curva elegante que faz o corrimão. A madeira do corrimão brilha. Só depois é que vejo Laura numa poltrona e olhando para mim. Entre eu e Laura há uma mesa baixinha com bibelôs que crianças ou empregadas costumam quebrar. A mesa é de espelho, e o espelho duplica os bibelôs.

Nossa, você fez uma confusão e tanto. Acontece muito com você?

O quê?

Cair de cara no chão.

Dou uma pequena risada tonta. Pergunto: Eu caí de cara?

Hm, não. Acho que os joelhos amorteceram um pouco.

Olho para os meus joelhos. Os dois estão machucados, um mais do que o outro.

A mãe disse que era melhor passar alguma coisa neles, quer que eu chame ela?

Ah, não precisa.

Você quer que eu ligue pros seus pais?

Não, não precisa também. Brigada.

Então há um silêncio. Laura continua no mesmo lugar, a cabeça caída por cima de um dos braços da poltrona, e o cabelo já se soltou da borboleta. Parece que está decidida a ficar ali para sempre na sua poltrona de rainha, sem nem mesmo fechar os olhos. Parece que está decidida a ficar me olhando para sempre. Atrás dela há um quadro de moldura dourada e homens de cartola entrando numa carruagem. Levanto um pouco a cabeça para olhar ao redor e vejo um armário envidraçado e com a madeira desenhada como flores. Dentro dele há uma louça muito bonita, de pé se mostrando. A sala inteira dá a impressão de que nunca é alterada por ninguém, de que ninguém esquece uma revista sobre a mesa ou aproxima uma cadeira da outra porque assim é melhor para conversar. Todas as superfícies são à prova de pó ou impressão digital, e as coisas são coladas para que nunca saiam do lugar. Tenho vontade de ficar ali para sempre. E então reparo na música vinda da garagem e me lembro da garagem. É uma música lenta que parece que toca nas rádios e que as meninas escrevem nas mesas errando algumas palavras do inglês e suspirando a mais nova paixão platônica. Como ainda é o início, todos devem estar sentados, nas suas cabeças pensam como vão fazer, de que jeito e quem vão pedir, e se depois falarão ou vão se deixar girar lentamente e se o braço deve ficar esticado ou se a cabeça pode ter o direito de cair sobre o ombro. Eu digo:

Você não quer voltar pra festa?

Laura franze as sobrancelhas.

Acho que tá chata aquela festa.

E ri.

Sério, você lembra o que aconteceu?

Ahn, não muito. Eu fiquei tonta e comecei a pensar e a ver umas coisas meio doidas. É isso que eu lembro.

Talvez você devesse comer uns doces. Eu posso trazer uns doces pra você.

Não precisa não. Tô melhor.

Ainda falamos mais uma coisa ou outra, e depois, como se tivesse se lembrado de algo importante, Laura levanta de repente da sua poltrona e chega bem perto de mim. Se ajoelha. Agora ela está pertíssimo e vai começar a falar muito baixo.

Ei, você não acha que podia conseguir uns cigarros pra gente experimentar?

Ahn?

Os seus pais fumam, não fumam?

Enquanto ainda penso por que uma garota de doze anos está interessada em fumar, a Sra. Larsen começa a descer as escadas e Laura se afasta. A Sra. Larsen está preocupada e pega as minhas mãos e insiste que é preciso que eu faça uns exames, então levanta e chega perto do telefone pedindo o número da minha casa, Eu não quero preocupar a sua mãe mas, ela diz. Eu me levanto e digo que estou muito bem, eu estou ótima Sra. Larsen e obrigada por tudo mesmo, e vou indo até a porta, a minha casa fica aqui do lado Sra. Larsen, mas ela continua visivelmente preocupada, a porta já aberta mas sua cabeça pensando em um milhão de coisas para falar se ao menos ela pudesse me interromper por um momento, enquanto Laura atrás dela ainda me olha com curiosidade. Então caminho e já estou longe o suficiente para que fechem a porta e comentem na sala O que aconteceu? e Há algo de estranho com essa criança! Já estou longe o suficiente para olhar para trás e ainda perto o suficiente para ver o brilho dos grandes números metálicos, dois-cinco-um, e as janelas de cima a baixo, todas iluminadas agora, muitas janelas, como se fossem feitas para que enfiássemos as mãos e movimentássemos os bonecos lá de dentro.

1996

Laura enrola, passa a língua, acende. Eu e Tomás olhamos. Enquanto ela tiver essas habilidades manuais, não é preciso aprender como se faz. Laura ri sem motivo. Nós estamos olhando a fumaça agora. A fumaça é tragada pela escuridão.

Podemos ver a minha casa iluminada no fim da rua, e Laura está observando e tentando compreender o que se passa. As vozes na Caixa formam uma massa única e oscilante, como uma reza, pedaço esquecido e pedaço lembrado. Ela pergunta:

Quem morreu mesmo?

Falávamos disso muito antes, quando buscamos Laura em casa para que viéssemos os três até a praça. Era Tomás na verdade que dizia, no momento em que Laura abriu a porta e com claro espanto, Mas ele morre e seus pais dão uma festa? E mesmo tendo Laura ouvido a voz de Tomás chocada pela incompatibilidade entre festa e morte (apesar de que nos filmes americanos), ela não disse nem uma palavra sobre isso. Apenas olhou para mim: Trouxe?

Fiz que sim com a cabeça, de novo um naco de maconha roubado do armário da minha mãe, no bolso da capa de chuva vermelha, um naco grande o suficiente para nós três e tentando ser pequeno o suficiente para que não deem por falta. Escondida em saco plástico dobrado, sabe-se lá quanto tempo passou incógnita a maconha, até que uma professora de português tivesse a péssima ideia de peças de teatro, até que alguém me colocasse como Chapeuzinho Vermelho por pura maldade e eu decidisse ensaiar com a capa de chuva numa tarde dessas. A mãe não soube que eu fiquei na frente do seu espelho decorando as falas e por um acaso coloquei a mão no bolso para um passeio descomprometido na floresta. Depois mandou fazer uma capa de cetim, e esteve lá para aplaudir, Que olhos grandes você tem e etc. Mas foi só anos depois que eu comentei sobre isso com a Laura. E daí foi a vez dela abrir muito os olhos, que brilhavam pela fonte ilimitada do ilícito, e dizendo que não fazia mal não, drogado que rouba drogado, cem anos de perdão. E assim me poupava qualquer traço de culpa, se bem que fosse difícil me doer a consciência por alguma razão.

Ainda antes de Laura abrir a porta e ouvir sobre a morte e a festa, e não dar a mínima importância pela urgência do Trouxe?, eu e Tomás estávamos escutando o Sr. Larsen tocar o piano, porque esse era um velho hábito nosso e o Sr. Larsen tinha melhorado muito desde os exercícios de escala de cinco anos antes e depois os acordes que errava e obrigava-se portanto a recomeçar toda a música. Agora o Sr. Larsen tocava muito bem, gostávamos sobretudo da que Laura disse, olhando a partitura um dia, chamar-se *Moonlight sonata*. Eu costumava pensar que, se sentasse naquele piano, talvez não mantivesse a coluna reta como o vulto do Sr. Larsen por trás das cortinas, nem tocasse as teclas delicadamente do jeito que ele fazia, a mão como se acariciasse o pelo de um gato ora branco ora preto, mas antes agiria com a empolgação barulhenta das teclas produzindo, além do som da nota, o desse meu movimento exagerado, desse meu desleixo juvenil. O que não impedia, de qualquer maneira, que incansavelmente ouvíssemos agachados a *Moonlight sonata* que incansavelmente o Sr. Larsen repetia até a perfeição, e na noite éramos sua audiência invisível, porque sabíamos ser para ele mesmo e nenhum outro que o Sr. Larsen tocava.

Mas então na praça Laura lembra que alguém morreu, e mesmo que tenha se atrasado na pergunta, cria-se no seu rosto uma certa urgência em saber.

Quem morreu mesmo?

Tomás joga uma pedrinha escada abaixo e pega o baseado.

O Kowalski.

Quem?

Então ele dá um tapa no ombro de Laura enquanto se engasga.

Eu não acredito que você não conheceu o Kowalski!

Não gente, mas quem é esse Kowalski, ela diz, e nós dois estamos rindo descontrolados, fala logo, ela diz, que cara é esse afinal e o que isso me interessa?

Ele era arquiteto, Tomás responde esfregando os olhos. Foi ele que fez a casa da Alice.

Laura quer saber em seguida como foi que aconteceu. Ainda não acreditamos muito na morte, qualquer morte, e por isso resolvemos inventar uma história cheia de detalhes copiados das nossas histórias policiais preferidas. Vamos empilhando os detalhes até que ela se torne inverossímil demais. Até que haja duas prostitutas envolvidas, e um aquário, e que Kowalski caia sobre o projeto de um prédio secreto encomendado pelo governo. Então rimos os dois, e logo ficamos constrangidos quando a presença da morte cruza os braços exigindo um certo respeito. De qualquer forma, Laura não estava acreditando em nada desde a segunda frase e o segundo riso abafado. Laura é orgulhosa, e diz: Então deixa. Seu orgulho é um pouco maior que sua atração pelo mórbido.

É minha vez de tragar. Enquanto isso Laura arregaça as mangas numa repentina onda de calor. Dá para ver que ainda está irritada. O moletom com o castelo da Cinderela veio da viagem para a Disney que seus pais lhe deram no ano passado. Seus braços são finos em contraste com o moletom de mangas quase bufantes. Eu e Tomás estamos com camisas xadrez jogadas por cima de uma camiseta, são as camisas que trocamos um com o outro até não sabermos mais qual o cheiro de quem. Eu digo: Kowalski teve um infarto, e Laura parece muito decepcionada pelo que crê como uma morte desprovida de qualquer romantismo.

Mas estão todos profundamente tristes hoje, meu pai, minha mãe e seus amigos, nessa festa prometida a Kowalski entre risos num dia em que a morte apareceu no discurso como uma brincadeira. Mais tarde, ao entrar em casa, vou perceber que todos procuram Kowalski pelos espaços da Caixa, como se ele tivesse se guardado num pedaço de concreto. Estão cochichando e revoltados, pensando que o que o matou de verdade foi a incompreensão dos outros. Se debruçam sobre suas fotos, e em silêncio lembram nitidamente o grave da sua voz, afinando nas piadas que encaixava. Felizes os que flertam com o budismo!, pensam os ateus, inconformados pelo fato do morto não saber que morreu. E encostada na mesa da cozinha, minha mãe vai contar que Kowalski jovem desenhou uma cidade imaginária cobrindo todas as paredes do seu quarto de adolescente, sem ela saber, sem nunca saber agora, se isso aconteceu de verdade. Dizem que a nossa casa já estava lá.

Acontece que faltou todo o resto, e é isso que todos lamentam nesta noite.

*

Durante alguns meses, me é desconfortável pensar na imagem de Kowalski e na nossa casa como a sua grande obra, que é aquilo que seus amigos dizem ou provavelmente pensam quando lamentam a sua morte, mas então reconfortados percebem que Kowalski se deixa em paredes e curvas tão resistentes e eternas como essas. É claro que estão assim excluindo qualquer via expressa que decida passar por aqui, qualquer falência que então obrigaria a venda do terreno para a construção de um edifício, ou mesmo qualquer mudança de valores, desejo de mudar para o frio, a montanha, para o mar, um incêndio devastador e incontrolável, uma guerra feita de bombardear casas da classe média, enfim, são muitas as possibilidades de que esta casa um dia desapareça, mas partindo da negação de tudo isso, deixar ideias em concreto parece ser um jeito insistente de ficar. Digo isso dentro de um raciocínio simplista e me atendo à durabilidade dos materiais. Comparo portanto com papel ou com tinta ou com tecido, e penso: feliz quem morre arquiteto.

Não nos falamos muitas vezes, Kowalski e eu. Ele foi o tipo que não tinha o hábito de se ajoelhar no chão para conversar com crianças, mas era como se eu quase pudesse prever as suas falas quando uma velha história começava na boca de meu pai ou de minha mãe, e nelas Kowalski sempre estava presente, nas histórias de protestos estudantis por exemplo era ele que levava a bandeira maior (aquela que logo terminaria com o mastro quebrado). Kowalski estava próximo dos vinhos de garrafão. Dos discos de Janis Joplin. Era com frequência magoado pelas mulheres, e então o telefone tocava às três da manhã e minha mãe ia ver se o toque estridente havia me acordado, enquanto eu fingia dormir e meu pai encostava a porta para falar. Kowalski criara tantos projetos arquitetônicos que foram rejeitados e daí chorava a rejeição ao mesmo tempo em que todos faziam esforços, ou melhor, realmente acreditavam, que rejeição era a genialidade na época errada, e que a história provava isso, diziam muito convictos os meus pais e seus amigos (mas esses continuavam morando em apartamentos caretas, o que se vendesse em maior espaço de jornal, e nesse sentido e com os anos tive orgulho dos meus pais, ao menos por serem capazes de bancar as suas diferenças até as últimas consequências).

    Todas essas histórias começaram a ser contadas com uma frequência maior depois que Kowalski morreu. Havia aquele brilho nos olhos de minha mãe, embora ela não ousasse mais fazer as dancinhas. Nessas horas eu me perguntava se lembranças da importância dessas ainda estavam sendo criadas agora, no presente, coisas de agora que virariam daqui a pouco brilho nos olhos, ou se tudo já se esgotara para eles. A melancolia também me contagiou. Nesses meses que se passaram, era como se houvéssemos perdido a posse sobre nossa própria casa. A casa agora era Kowalski, porque não podíamos deixá-lo morrer.

Um dia na hora do almoço, Beto ligou. Beto era o irmão mais novo de Kowalski, que construíra junto com ele na infância maquetes de caixas de fósforo e represas com pazinhas plásticas e túneis de areia. Mas Kowalski gostava de meter a mão na massa e Beto preferia a parte de olhar a coisa já pronta. Kowalski tornou-se um arquiteto e Beto um teórico, professor universitário especializado em Arquitetura Modernista. Ele ligou e meu pai fez com os lábios é-o-be-to. Há quanto tempo! Ficamos olhando. Falaram por alguns minutos as trivialidades obrigatórias das conversas telefônicas. Depois meu pai ficou em silêncio, ouvindo longa história, e ansiosas eu e minha mãe fazíamos sinais, até que meu pai tapasse o bocal do telefone por alguns segundos e dissesse: Beto tem uma proposta.

2006

Então Alice estava havia um ano e meio em Paris e só agora pegou o trem para fora da cidade, quarenta minutos para fora da cidade, sentindo primeiro o cheiro do pain au chocolat nos subsolos da estação Châtêlet Les Halles e sabendo que, embora o sentisse com frequência, era a essa manhã que ele remeteria mais tarde. Nós sempre sentimos o momento exato em que a memória está sendo criada, Alice pensava, e o trem a essa hora já saíra para a superfície, com a periferia de Paris e suas casas de costas e a tristeza de todos aqueles jardins raquíticos. As folhas iam e os galhos ficavam, apontando para o céu em tufos desesperados como mãozinhas finas pedindo clemência. E desceu em Poissy e andou entre os jovens árabes sem emprego que matavam tempo diante da estação e pegou um ônibus depois de ter perguntado no café, Excusez-moi, madame, comment je fais pour aller à la Villa Savoye?

 O que havia de irônico nisso é que foi naquela revista que ouviu falar pela primeira vez em Villa Savoye, naquela revista em que escreveram sobre Kowalski e a Caixa, a primeira, seguida depois de outras revistas especializadas e internacionais com a Caixa na capa e em três ou quatro páginas do centro, Kowalski então elevado à estatura de um gênio. No meio da extensa matéria, a primeira matéria tratando da Caixa como grande ideia de uma grande mente criativa, havia um retângulo sobre a vida do arquiteto suíço Le Corbusier, porque tinha grande influência em Kowalski, e sobre o qual Alice até então não ouvira falar a menor coisa. Lá estava a foto da Villa Savoye na revista de noventa e seis, e ela se parecia tanto com a casa de Alice que causou susto, a casa de Alice que já não era tão sua e daí cada vez menos, à medida que os estudantes de Arquitetura chegavam para visitar junto com Beto (a proposta de Beto), segurando cada um a sua própria cópia da planta baixa e fazendo perguntas sobre a construção, querendo visitar todos os cômodos, e curiosos sobre como havia sido a convivência com Kowalski, porque todo gênio tem uma personalidade e tanto, não é mesmo? E Dona Yeda já não esperava mais uma surpresa vinda da Caixa. Sua coluna curvada a partir daí era um respeito, um respeito que se obrigara a sentir, como que temendo pensar de outra maneira.

    E noventa e sete tinha sido um ano confuso. Laura ia repetir de ano na escola, e gradualmente se afastou das convivências. Com as conversas na praça foi ficando entediada, até que parou de aparecer. Mas no lugar de Alice e Tomás, ninguém batia no dois-cinco-um, porque há muito tempo Laura havia dispensado os outros. O piano do Sr. Larsen ainda tocava *Moonlight sonata* e tantas outras belas e compridas, mas já não era possível ver a sua silhueta sobre o instrumento, porque as cortinas haviam se tornado mais grossas.

Foi em noventa e seis e a partir disso que Alice poderia ter sentido orgulho da Caixa, orgulho finalmente no lugar da vergonha de infância, mas nisso já havia perdido o lar para a memória de Kowalski, para os universitários, para os especialistas que viam o que ela não podia ver. Talvez por isso tenha decidido cursar Arquitetura e agora se especializava em uma universidade de Paris, deslumbrada com o planejamento urbano do Barão de Haussmann que da Paris medieval suja e sinuosa criou o mito da Paris romântica. E como dissera Tomás quando ali passou vinte dias com ela dividindo o quarto na casa de estudante, Paris tem essa coisa de murchar com todas as outras cidades.

Desceu do ônibus e agora já estava diante da Villa Savoye. Logo mais andaria pelos cômodos vendo a paisagem pelas janelas em fita, subindo aquelas rampas para o jardim suspenso, observando os divãs e as poltronas de Le Corbusier e sem tirar nenhuma foto, porque tinha preferência por deixar depois a cabeça lembrar das coisas como melhor lhe conviesse, na imprecisão da falta de provas. Impressionante que houvesse sido construída em 1929, mas que no entanto ninguém, salvo os arquitetos, pudessem ainda gostar dela. Era, conforme disse Le Corbusier, uma máquina de morar, mas, passados setenta e oito anos, ainda não era isso que as pessoas esperavam de uma casa, e Alice pensaria essas coisas diante das cartas emolduradas entre Madame Savoye e Le Corbusier. Se os Savoye haviam deixado o projeto de sua casa de fim de semana nas mãos de Le Corbusier, tinham sido tão corajosos quanto foram os seus pais. Mas acontece que depois a casa não funcionou, e Alice se divertiria diante das cartas, escondendo seus pequenos risos como os risos de todos os outros estudantes de Arquitetura que paravam ali para saborear essas pequenas histórias datadas: Madame Savoye em trinta e seis reclamava das infiltrações, chove na entrada, chove na rampa, e a parede da garagem está completamente ensopada, continua chovendo no banheiro, inundado a cada chuva, a água passa pela janela do teto, gostaria muito que arrumássemos tudo isso enquanto ainda estou aqui, com minhas lembranças, E. Savoye. E um ano depois ainda com problemas, Monsieur, depois de numerosas reclamações, finalmente o senhor reconheceu que essa casa construída pelo senhor em 1929 não era habitável. A responsabilidade agora com as despesas é sua. Queira com urgência torná-la habitável. Em uma das cartas de Le Corbusier, ele sugeria que se colocasse um livro de visitas na entrada da casa. Estava orgulhoso da sua arte, as goteiras o de menos. Isso fazia Alice lembrar de outra dessas pequenas histórias contadas em aula para divertir os estudantes. Era então com outro arquiteto modernista, Frank Lloyd Wright: chove sobre a mesa de jantar, escreveu a proprietária de uma casa projetada por ele. O arquiteto respondeu que, como solução, se mudasse a mesa de lugar.

Mas então voltaria para Paris pensando justamente em Laura e na casa dos Larsen e na primeira vez que lá entrara por causa daquele seu desmaio inconveniente, e como as coisas de dentro do dois-cinco-um lhe falavam das coisas que mais queria quando tinha onze, treze, quinze anos, quando depois tudo mudou. Durante a viagem de trem, de volta para a Cité Universitaire, Alice entendeu que, a partir da transformação da Caixa, a partir do que enxergavam os que lá apareciam e que então faziam mudar o seu próprio olhar, o dois-cinco-um tornou-se para ela uma caricatura, nada mais que uma caricatura do que uma casa tinha como dever. Foi estranho então que isso tenha acontecido naquele momento, naquela manhã que já roçava o meio-dia e que dava uma saudade dolorida de Laura e que, ao chegar no dormitório, aquele homem mal-humorado da recepção lhe dissesse que sua mãe havia ligado, acrescentando três vezes C'est urgent, e que então ligando calma para casa, porque nada de tão urgente poderia acontecer enquanto estivesse fora, ouviu de uma voz em choque que Laura havia se matado.

2007

O que ficaram esperando, Tomás e Alice, era que um fizesse o convite para o outro, que dissesse vamos caminhar agora nessa nova madrugada e ainda sem dizer nada, porque naturalmente havia o tempo necessário do ter que falar consigo mesmo. Há algo de precisar resolver sozinho, um desembaralhar-se que pode durar a vida toda, uma coisa nossa que vai morrer na morte do outro, pensava Alice sem poder reencontrar os olhos de Tomás. Um fechar-se para tudo. Porque o menor sentir já é risco. Mas sem dizer saíram caminhando, como se os pés já soubessem se falar, e um passo em sussurro para o passo do lado contava que, embora houvessem visto muita novidade sem enxergar fim, e esperando que cada segundo causasse reviravolta, noutro lugar, noutro país, o passo que foge volta preso.

 Agora o que se podia era rodar tal como em pista circular de patinação, onde em volta é areia que rodinha não vence. O espaço se apertava de novo, um espaço que a fita invisível do passado delimitara como cena de crime. E crime era, ao menos em certo sentido, porque Alice se vestia da culpa, como a salvação que ela não foi: como é que a Laura podia ter tanta dor e sem a gente ter visto que era assim tanta a ponto de. E eu de avião e Tomás de carro indo embora até que ficasse Laura na janela, sobre a ladeira, com as suas tristezas encarceradas. E se amor não parece que faltou, e se cor quente na parede para dizer que tudo bem, se toalha bordada, se chaminé para refazer história de família unida que nem cabe aqui no calor, se luz amarela para bem dizer de felicidade, o que foi que ninguém viu? Será que pensava então no prático de morrer, se comprimido, gás carbônico ou altura, enquanto sentada na praça de noite e comigo e com Tomás tão próximos que nos encostávamos as pernas e os braços como se fosse impossível que nos separassem um dia? E embora muitas vezes houvesse um tédio imposto, parece que era só porque esperávamos a permissão de rir, e quando vinha, por bobagem qualquer, sairíamos correndo e salpicados de orvalho enquanto os nossos tênis iam fazendo batuques na calçada, então Tomás diria shhh, shhhh rindo porque não sabia se respeitava ou se aproveitava o egoísmo do que estávamos fazendo, quando então um vizinho ofendido ia bater uma janela para demonstrar desagrado, mas até disso gostávamos, gostávamos até demais.

 Tomás e Alice subiam a ladeira, que se tornara íngreme como era antes de se conhecerem e de conhecerem Laura. O mundo estreito, a Caixa, a praça, o dois-cinco-um, único caminho possível agora, com espaço para uma ou outra pergunta que mais escondia do que perguntava. Alice falou: Deixaram a casa assim? Pra onde é que foram? Tomás disse que não sabia, nem tinha coragem. O que dizer pro Sr. e a Sra. Larsen numa hora dessas, e ele também sentindo a culpa. Quando Laura escolheu a companhia daqueles que tinham sido rejeitados, ele e Alice, não era o primeiro passo, não era já um flertar com a morte, um sinal de que algo não ia?

Então estavam diante da casa dos Larsen, e Alice dizia A gente não pode pensar uma coisa dessas, nunca uma coisa dessas por favor. Olhou as tábuas, e as tábuas a horrorizaram, sobretudo ao perceber que todas as janelas estavam assim lacradas, mesmo as mais inacessíveis, como se fosse preciso que se guardasse qualquer coisa do ar para que Laura não fosse embora de todo. E Tomás não disse que tinha entrado, que ainda há pouco subira até o sótão, a mão no bolso tocava a lanterna enquanto Alice pensava que aquela tinha sido uma morte de escolha, então prender Laura ainda ali não fazia sentido, a não ser pelo conforto daqueles que ficavam. E Alice em respeito cruzou o jardim, as folhas secas se quebrando como vidro, e começou a tirar as tábuas, levou nas três janelas do térreo uns bons vinte ou trinta minutos ou um tempo que não se podia medir, enquanto Tomás olhava de longe e provavelmente entendia as suas razões. E logo depois abriram a garagem. A garagem não estava trancada. Abriram e sentiram o cheiro de concreto úmido, e Alice chorava.

Quanto tempo num quartinho em Paris para esquecer? Lá embaixo, sua casa ainda estava toda iluminada. Seus pais ainda a esperavam. Tomas propôs algo para o dia seguinte, os olhos dele também estavam vermelhos, e Alice concordou sem prestar atenção, e Tomás deu as costas e desapareceu numa esquina, e agora Alice ia fazer o inverso do caminho. Ia descer a rua, entrar em casa e tomar um chá no jardim, e pensou como seria bom se ainda houvesse dancinhas, se ainda houvesse dancinhas possíveis, e que vida difícil era essa que nos fazia entender as coisas só quando saíamos do lugar. Mas parecia tão tarde. E caminhou devagar. O vento soprava mais forte. Ouvia o ranger dos balanços. E para que os balanços soltos no vento da madrugada não a assombrassem, seria preciso enroscar as suas correntes. Seria preciso imobilizá-los e esperar pela paz das não lembranças.

Falta céu

O leito

Acontece que nasceram numa cidade bem pequena entre duas mais ou menos grandes, um tipo de coisa ruim para o conformar-se, porque assim tinham toda a estrada para olhar, e olhavam. E acontece que na beira da estrada havia uma venda em casa de mil novecentos e trinta e poucos, seus degraus uma arquibancada para as meninas. Ficavam, e toda a tarde. Uns carros iam passando, um carro parava. Titi deixava que as pernas finas se esticassem na passagem, as picadas de mosquito em casquinhas de sangue de tanto coçar. A camiseta ia até as coxas, se coxas já tivesse. O viajante pedia licença, entrava, Titi ria escondido. Lina, mais velha em três anos, era um tanto mais triste. Não mostrava perna nem nada, pois alguma coisa já começava a ter. Riscava o nome com uma pedra, só a pulseira com bolinhas amarelas quebrava o preto da roupa. O viajante outra vez ia embora com a Coca-Cola. Se vinham famílias, tanto melhor, a venda estalava como uma velha senhora. Dona Celestina fazia as somas a lápis na letra demorada de colégio. O viajante se impacientava porque tinha que viajar. E dentro da venda os velhos jogavam dominó sem falar um com o outro.

    Titi disse assim nuns começos de março: Tá quente, a gente podia nadar, e sorriu pra Lina. É porque seguindo a trilha aberta por insistência no meio do matagal, tinha esse rio que aparecia, correndo também como a estrada, indo, até que surgissem nas margens, já bem longe, as serrarias, a usina abandonada e a tristeza dos peixes à milanesa com limão em prato de plástico para quem não podia pagar as férias com paisagem melhor. Mas nada disso tinham visto as irmãs. Lina já não achava no rio tanta graça. Os pés iam grudando no fundo, os dedos roçando o áspero e descendo pela areia, e por onde e por quem tinha passado aquela água era coisa que não dava pra saber. Não respondeu. Titi fez uma bola de chiclete, colocou a língua no meio. Que rio que nada, continuou pensando a Lina. Era ainda pior porque os garotos agora tinham a mania de fumar escondidos perto da figueira e riam por qualquer bobagem, os pés enfiados pra dentro d'água, falando alto, rindo de quê.

*

Titi entrou correndo no rio, batendo n'água com as palmas abertas. Voavam gotas aos montes, num barulho que tapou o dos carros na estrada. Parece é que ela se divertia sempre, mesmo com a repetição sem fim, e nisso Lina sentia umas pontas de raiva, que abafava logo para não achar que era má. E daí fazia uns mimos e pronto, respirava aliviada. Mas quem sabe o que ia acontecer dali a dois ou três anos com a tal da facilidade da Titi em se agradar de qualquer coisa.

Lina foi entrando na água bem devagar, sentindo o gelado, ajeitando o biquíni, olhando a margem, o mato. O tronco da figueira não tinha nem garoto nem bicicleta encostada, e a sombra da figueira, ninguém espalhado por cima. Em volta era só pássaro e peixe, o cansaço de não acontecer nada. Cidade besta. Uma praça, uma igreja, nenhum semáforo, conversas repetidas. Quem consegue sair, vira herói e assunto. No domingo, as famílias vão para a rua e andam de uma ponta até a outra e bem devagarzinho, que é pra cidade não acabar rápido demais. Passeiam na igreja. Passeiam na praça. O herói vem de longe, a família sai para desfilar o herói. E os outros, nas esquinas, poucas esquinas, fazem concha com as mãos para contar o que ouviram dizer.

Lina foi até a metade do rio. Quando mergulhou, ouviu que a Titi começava a falar alguma coisa, mas então a água ficou por cima do resto. Abriu os olhos lá embaixo. As pernas da irmã batiam sincronizadas, como um brinquedo de corda posto numa bacia. Lina se aproveitou do silêncio o tempo que pôde. Até que era bom. Deu então para imaginar ou relembrar o João. O João era um dos meninos, ou o único. O resto eram os meninos que andavam com o João e só. Riam todos do mesmo jeito (das piadas do João). Sentavam todos do mesmo jeito (em volta do João). Jogavam todos o videogame do João. Pela janela se via em muitas noites o azulado da sala, se sentia o cheiro da pipoca, se escutavam os dedos batendo os botões, e os gritos dos zumbis destroçados, pá pá pá, mas o João é muito bom mesmo e o jogo acabou tão rápido que tem que mandar vir outro, porque em casa de João não tem data para ganhar presente, nem se precisa provar bom comportamento. Pois então foi esse o João que Lina quis imaginar empoleirado num galho da figueira, com um cigarro atrás da orelha, sorrindo e oferecendo. Quer, Lina? Nunca aconteceu.

    Saiu debaixo d'água. Nisso a pequena se chegava com as pernas aos trancos e os olhos grandes cintilando de um medo contente, ansiosa para dar a notícia. Você tá ouvindo isso? Sim, ué, um barulhão, mas o que é? Fala, pô. Titi respirava pesado. E mesmo que a princípio não houvesse mais ninguém por perto, primeiro Titi fez uma concha em volta da boca, para daí então falar.

*

Correram a recolher as roupas e vestiram algumas peças ao contrário. Mas você viu ou acha quê? De que tamanho e quantas? Lina levou os chinelos na mão porque não teve paciência de calçar. Iam rápido, as blusas já com as manchas d'água, Titi na frente empurrando o mato com as pernas que pingavam, Lina com o jeans arrastando na grama. O João devia estar matando zumbis, enquanto, perto do rio, a cidade se agitava num segredo ainda não descoberto. O pé de Lina deslizou na lama e continuaram correndo. Chegaram perto e ficaram acocoradas atrás do mato. Eram três retroescavadeiras e estavam pondo tudo abaixo. Arrancavam as árvores do chão e essas iam cair umas sobre as outras. Engatavam uma ré e iam de novo. Havia então o barulho dos galhos se quebrando e o farfalhar exagerado das folhas, como se numa grande tempestade que põe as crianças encolhidas debaixo das cobertas. E das árvores partidas, o cheiro doce da seiva tomava todo o ar de março.

Um espaço vazio já estava aberto no meio do verde amontoado. Era de onde um homem dava ordens e indicava direções às retroescavadeiras, e sua barriga gorda e mole aparecia cada vez que levantava o braço. Seis dias sobre sete e era isso o que ele tinha que fazer, derrubar. Passou as costas da mão pela testa e olhou em volta. As meninas se abaixaram ainda mais, uma empurrava a outra por um pedaço maior de moita. O homem limpou a garganta, o som de um animal selvagem que vai atacar. Cuspiu na terra. A terra antes não parecia tão vermelha quanto estava agora. O homem gritava, apontava, cuspia. Uma retroescavadeira estava brigando com uma grande árvore que não podia correr. A máquina ficou mais barulhenta e foi com tudo. Deixou o tronco lascado, e ia então mais uma vez. Cheiro bom. De seiva. De terra mexida. Mais uma vez. Ouviram que se soltava, que perdia, como um rasgo, um som seco, o que faz fogo atiçado. A árvore daí de ponta-cabeça no amarelo da máquina, carregada sem jeito, como princesa levada pelos cabelos.

A terra

E não se conseguia falar de outra coisa, senão disso. De uma janela para a outra se buscava novidade, ô vizinha, como é que andam as escavações? Povo sem estudo, chamava assim, escavações. Mas é que não era procurar tesouro nem coisa perto, nada de riqueza escondida embaixo da terra. Terra agora que os homens, mais homens ainda e sob o comando do gordo, deixavam toda avermelhada, toda plana, pralguma coisa logo acontecer. Mas nem os bem-informados sabiam bem dizer o quê, e a verdade chegava lenta e confundida com bastante ladainha. Quem ia até a venda, na volta tinha o que contar. Se não tinha, chutava, e sempre histórias longas, de fazer durar a conversa, gastar o tempo, adiar a sesta, juntar vizinho separado por atrito político ou dar assunto no almoço para família em conflito de gerações. E Dona Celestina, olhando praquela direção, e no entanto sem ver por causa da distância e do mato fechado, caducava nuns sonhos que vinham lá da infância, tão velha quanto aquela casa. Ao freguês disposto a ouvir, então dizia: Ai, que maravilha se viesse um parque de diversões! Imaginava as luzes da roda-gigante refletidas no leito do rio e a tudo isso falava em miúdos. A descrição toda era mesmo uma beleza, e nela se perdia até esquecer das contas de somar, o rosto reencontrando algumas marcas de expressão que o tempo tinha posto em desuso. Em noite fresca de vento, dizia mesmo é que sentia virem os caminhões itinerantes, todas as pessoas com as cabeças para fora e até as atrações mais grotescas estariam sorrindo, muito satisfeitas com suas anomalias.

    E enquanto o piso estalava pelas idas da Dona Celestina à janela, as meninas continuavam largadas nos degraus. Lina olhou o relógio, era quase a hora. O céu alaranjava, os grilos já cricrilavam, os carros na estrada começavam a acender os faróis, famílias dirigindo para o fim de semana na serra. As crianças logo mais estariam entediadas nos saguões dos hotéis cujas lareiras não serviam para coisa alguma. Os pais sorririam ao descobrir o programa do curso intensivo de enologia. E Lina e Titi, essas já teriam tomado a trilha aberta por insistência, e chegariam a tempo de ver os últimos acenos dos homens da obra, o gordo ficando para trás e sozinho sob algum pretexto. Sabiam bem o que acontecia em seguida, e só elas. Titi ia atrás com medo e torcia a camiseta da irmã, porque o barulho das rãs parecia um coro de almas se lamentando, e almas de criança. Chegavam perto do terreno e se abaixavam. Agora havia lá um barraco de madeira. Era comprido, um pouco torto prum lado e com janelas minúsculas como se fosse banheiro. Dentro os homens comiam em suas marmitas e trocavam de roupa quando chegavam e quando iam embora. Depois do expediente, ficava o gordo. As meninas assistiam. Se fechava no barraco, e logo mais chegava a Alzira. Vinha com cheiro de perfume doce enjoado, saia, salto, cuidando os perigos do mato. Às vezes dava um grito no caminho, decerto um inseto, ou só a ideia de que um inseto se chegasse. Lá na porta do barraco o gordo ria, bem grave, balançando os ombros como um vilão.

    Mas agora as meninas ouviam um barulho, e ainda era cedo para ser Alzira. Vinha de trás e rápido, dando pancadas nas folhas, o tipo de indiscrição que não combina com adultério. Não podia ser Alzira. Ficaram escondidas esperando. Então veio a bicicleta, veloz e tentando parar, mas já em desequilíbrio, o pneu patinando em tanta folha, e caiu a bicicleta prum lado e o garoto pro outro. O garoto olhou as mãos, subiu a perna da calça para ver o joelho, mas no escuro não deu pra enxergar bem o que tinha acontecido. Levantou e foi levantar também a bicicleta. Aí Titi e Lina perceberam: era o João. Mas naquela hora e naquele lugar? Se mostraram também as meninas. E João parecia um pouco constrangido, como se pego no ridículo, e antes que pensassem os três no que dizer, perceberam que Alzira já chegava ao barraco sem se fazer notar. As meninas se abaixaram e também o João, sem entender coisa nenhuma, e calaram sua boca quando tentou falar, fazendo as duas shhh sssshhhh. Alzira bateu. O gordo abriu a porta, trocaram um beijo, ela na ponta dos pés enlaçando o pescoço do homem. E João boquiaberto, virando pra Lina e dizendo: é a minha empregada!

*

E como logo não havia mais nada a ser visto, saíram os três e tomaram o caminho da cidade. João arrastava a bicicleta, o joelho esquerdo doía. Tinha discutido com os pais e saíra um pouco para se punir, ou punir a eles, não tinha bem certeza. Agora ia envergonhado do tombo e de ser visto fazendo essa bobagem que era andar de bicicleta no meio do mato e quase na escuridão total. Mas até que cair era bom, e naquele silêncio sorriu de leve pensando. Recebia atenção, achavam que era corajoso. É. Cair sem chorar e sem reclamar não tinha problema nenhum. Era quase um negócio de herói.

    Tá doendo?

    Não, não tá.

    (mas é que tava)

    E continuaram todos quietos e cada um pensando no que pensava. A noite era boa, e silenciosa como sempre. João tirou um cigarro do bolso e desamassou o melhor que deu. Acendeu, tragou, fez esforço e não tossiu. Depois olhou para Lina, oferecendo. Ela disse não e agradeceu, bem fazendo o papel de quem não dava importância alguma. E daí João pensou Mas que garota estranha essa, porque bancando assim a revoltada nas roupas e ouvindo as músicas que ouve, com esse ar de quem não cabe na cidade, já devia tá fazendo coisa até pior, e vai me dizer que nem um cigarrinho?

    E João, para começar conversa tranquila:

    Mas e a Alzira, hein.

    Os três riram. Passavam agora pela fábrica de cerâmica. Desde que nasceram, havia na frente da casa um mostruário de azulejos nas cores e na forma de um arco-íris. Mas quem é que ia querer um azulejo roxo?, Lina pensava. E além do mais todo o arco-íris já estava meio empoeirado, meio gasto, meio cansado, como um sonho que é substituído por outro. Um cachorro latiu.

    O pior é que tem marido. E filho, né.

Queria só olhar pra dentro do barraco.

Lina e Titi fizeram careta. Então vieram algumas piadas típicas da idade, já imaginou como o barraco balança, e etc. Daí riso com nojo, com interesse, e tapinha de censura que é na verdade desculpa para tocar. Ai para, João, seu isso, seu aquilo (sempre rindo). E João, se desvencilhando, protegendo a cabeça: Por isso é que tem ido trabalhar mais feliz.

Mais feliz como?

Cantando, assobiando, sacudindo o espanador. Tem prazer em lavar prato e inventa coisa pra tirar pó. Limpa o pátio mais que antes porque tem que tomar um solzinho pra ficar mais bonita, né Dona Beatriz?

Riram mais e Titi quase tropeçou de tanto que riu. Depois Lina achou que era maldade rir tanto da outra e quis que João jurasse segredo. Jura que não conta nem pra sua mãe nem pro seu pai nem pra ninguém? E João, que era filho único, jurou.

Começaram a aparecer as primeiras casas, nas varandas sempre uma luz acesa, mas todo mundo lá para dentro vendo televisão. João jogou o cigarro fora, caso aparecesse alguém e caso contasse pros pais com ou sem intenção de contar, na igreja, na praça. E a Lina, para não pensar no João que estava do lado, pensava na obra. Era mesmo coisa cara. O lugar grande, um bando de homens, as máquinas muitas. E o porquê é que ainda não entendia. Parecia desperdício gastar tanto dinheiro naquele lugar. Uma cidade sem graça. Um rio tão feio. E, fosse o que fosse, seria tão perto dele, tão colado no rio e num tipo de tristeza que o rio levava, com a cor apagada, marrom, um eterno nublado mesmo quando o sol brilhava. E, se o rio se mexia, parecia que por um tipo de obrigação. Ia arrastado.

Um carro surgiu na esquina. Os faróis eram diferentes dos normais, um pouco azuis, e assim mudavam a cor da poeira da rua, das frentes das casas, como se surpreendidas pela luz que trazia um disco voador desses que vêm para violar mulheres e fazer crescer bebês em tubos cheios de gel. Ninguém sabia de quem era e se olharam, porque era natural saber. O carro dobrou, passou por eles e então, mudando de ideia, começou a dar ré. Chegou bem perto de novo, parou. O vidro escuro se abriu.

Olá, crianças, mas então crianças, noite bonita, ahn.

Os três, muito curiosos, se penduraram na janela. Era mesmo um carrão, bancos de couro, rádio piscando muitas cores, e por fora logo se percebia que ainda há pouco brilhava. O homem era bem educado e de idade misteriosa porque, quando o cabelo espetado dizia uma coisa, em volta da boca, ou no canto dos olhos, vinha outra.

Vocês conhecem aqui, né? Claro que vocês conhecem. Estou procurando a Rua das Rosas. Será que estou muito perdido? (e sempre o sorriso)

E não é que nem rosa tinha na cidade, pensou a Lina. Pelo menos não que ela lembrasse. Exceto naquele sitiozinho do senhor viúvo. Mas na Rua das Rosas é que não tinha mesmo. Essa bem podia ser a Rua do Pó, uma poeira desgraçada na secura do verão.

O senhor

Senhor não, por favor. (sorriso)

E João deu as indicações usando você.

O homem agradeceu muitíssimo e foi embora acenando. Que postura e quanta simpatia, comentavam agitados, encantados, era mesmo feito para um carro daqueles. E, no que restava do caminho até suas casas, João, Titi e Lina se esqueceram da Alzira e do gordo para então se dedicarem com exclusividade ao novo homem, esse que, logo descobririam, era um já muito cochichado herói.

*

Abriram na terra grandes retângulos e começaram com as fundações. Ergueram os primeiros pilares, prepararam o cimento em máquinas que trabalhavam sem fim. Receberam caminhões de materiais e caminhões de homens, que agora usavam capacetes amarelos, embora fosse improvável que qualquer coisa caísse sobre suas cabeças. Havia mais barulho. Havia barulho de aço, de madeira, de homem, de rádio, de motor, de pássaro surpreso no céu. Havia tudo que é coisa pela terra vermelha esperando sua vez. Tijolo, cimento, carro de mão, ferramentas, havia uma revista pornô e um baralho espanhol, e também alguém novo que já mandava mais que o gordo, andando em ziguezague com uma planta baixa. A planta era grande, imensa, ele a carregava dobrada, mas mesmo assim eram necessárias duas mãos. Suas formas geométricas, desenhadas a traço fino, de longe nem apareciam, como se fosse papel em branco. O homem andava de calça social e camisa clara, mas de algum modo essa não sujava do pó nem molhava do suor. E tudo o que ele fazia era mesmo andar. De um buraco para o outro, de um barulho para o outro, andar e olhar para cima, sobre os homens, sobre o que ainda não havia. Se o gordo mandava no grito, esse mandava no silêncio.

    E na venda, Dona Celestina, ouvindo o martelar, o fundir, o cortar, emburrava-se apagando o sonho, não era a roda-gigante. Então silenciosa ia fechar todas as janelas, e os sacos de arroz, as melancias, os garrafões de vinho, os preços escritos à mão ficavam numa penumbra melancólica. Para quem vinha da estrada e ia entrando, Dona Celestina não tinha mais paciência, porque toda vez era um nome diferente de chocolate, de biscoito, de picolé. Vendia rápido ou mandava embora dizendo que não tinha. Os velhos, meio sufocados pelo ar que não circulava mais, meio distraídos com o que pensavam mas não diziam, continuavam a jogar dominó.

E as meninas na escada.

Agora sabiam quem era o do carro, todo mundo já sabia. Desde aquela noite era disso que se falava, o Otávio da Rua das Rosas estava de volta. Fazia vinte anos que, mal tendo tamanho para ir embora, foi, e ninguém mais viu e nem em tempo de Natal, embora nesses anos o povo não tenha parado de perguntar, nem os seus pais de dizer que um dia estava casado, depois já não estava mais, um dia morava numa cidade, logo noutra, mas todas muito grandes, ricas, muito interessantes, e o Otavinho trabalhando com umas coisas de publicidade, ganhando claro que muito dinheiro.

E o Otávio da Rua das Rosas andava por aí fazendo perguntas, ou sentava na frente da casa dos pais com o computador no colo, ou gritava no celular pela rua principal, até que um dia disse na venda O que vocês estão achando da obra, ahn? Mas, se perguntavam do que se tratava, dizia que logo saberiam, Calma minha gente!, e entendeu-se que Otávio também fazia parte do mistério. Então mais uns diazinhos passados e no açougue, a uma curiosidade de alguma dona a respeito de sua profissão, Otavinho respondeu com os lábios levantando de orgulho: sou consultor criativo, minha senhora. E se ninguém sabia o que isso queria dizer, esse não foi motivo para deixarem de sair contando um pro outro.

O céu

Lina passou os olhos pelo João, mas ele não estava olhando, então ela olhou para o chão do barraco, sujo, riscado e encardido, e viu que sem perceber dobrava os dedos dos pés e que mesmo através dos seus tênis era possível ver isso acontecendo. Parou. Estava quente ali no barraco, um calor insuportável, ela sentia as dobras das roupas encostando na pele, a gola da camiseta incomodando, o suor embaixo do relógio. João agora tirava uma maleta de ferramentas de cima de um banco para então sentar, e aquilo lá durou uma eternidade. Respirava pesado e fungava. Não sabia mais se todo aquele trabalhão para entrar ali dentro tinha valido a pena. O que sobrava agora era uma situação constrangedora, e com ela não sabia o que fazer. Sentou.

Mas que ideia foi essa de bater na janela do meu quarto a essa hora, e pra quê, pensava a Lina. Em todo o caminho tinha ventado muito, Lina segurando os cabelos para que não voassem. Se sentia bem, mas depois que desapareceu a última casa, veio certo medo. As coisas inacabadas da obra faziam um monte de sombras, às vezes sombras pontudas, às vezes sombras volumosas, às vezes umas que lembravam a forma de homens ou bichos. E se o gordo e Alzira aparecessem. E se alguém visse o barraco aceso. E se o João chegasse muito perto. Ela nunca tinha beijado ninguém, embora já houvesse ensaiado isso e mais um pouco baseada em cena de novela. Lina se sentia um atraso, e aceitava com dificuldades a ideia de nunca ter feito nada, mas tudo já ter visto.

    João levantou e se aproximou de um fogareiro engordurado. Dava quase para sentir o cheiro da comida velha. Lá fora continuava ventando, e as árvores que não tinham sido postas abaixo estalavam, dando a impressão de que logo desabariam sobre eles. Do lado do fogareiro estava o baralho espanhol. João abriu. O que é isso, perguntou pra Lina, mas ele também não tinha bem certeza e não falou nada. Começaram a olhar as cartas. Nunca tinham visto daquelas. É tipo tarô, disse a Lina, e arrancou o baralho das mãos do João. Vou ler o seu futuro. Embaralhou de qualquer jeito, virou e puxou uma carta com duas moedas douradas: você vai ficar rico. E daí a próxima veio com sete moedas: muito muito rico, você vai ser ri-quís-si-mo! João riu e então foi ele que puxou mais uma. Dessa vez saiu um rei com um porrete. João olhou para Lina esperando que ela fizesse mais uma piada qualquer, porque era engraçado aquele rei muito chique com seus veludos e calças coladas, e aí segurando um porrete de homem das cavernas. Podia sair uma piada mais ou menos, mas que fizesse alguma, uma que os deixasse mais à vontade um com o outro. Mas Lina não disse nada. Estava pensando por que o porrete na mão, se na cintura tinha uma espada, mas não disse. Entregou as cartas de novo para João.

    Acho que eu não sei ver.

João guardou na caixa enquanto dizia: Eles devem fazer algum tipo de jogo com esse negócio.

Você acha que dá pra jogar?

Deve dar.

E quando é que eles têm tempo pra isso?

João colocou o baralho de volta onde tinha achado, mas Lina pegou e meteu no bolso. Vem, e ela o puxou para fora do barraco. O vento os atingiu em cheio, os cabelos de Lina encostando o rosto de João. O céu tinha centenas de pontos brilhantes. E na terra as sombras imóveis, e outras se balançando para lá e para cá. João chegou muito perto, fechou os olhos e beijou Lina na ponta dos lábios, depois deslizou para o centro achando que agora podia fazer pra valer. Ela arregalou os olhos e por sorte ele não podia vê-la. Para Lina era como estar comendo uma coisa de consistência estranha. Ela se encostou na parede do barraco. Estava tão atenta ao bem fazer, cuidando de todo o detalhe dela ou dele, o que produzia o quê, o que acontecia se, que era como se estivesse queimando uma formiga com uma lente de aumento ou abrindo um sapo com um bisturi na aula de ciências. Ficaram assim um bocado de tempo sem descolar as bocas, menos pela vontade de beijar do que pelo constrangimento de não ter o que dizer quando acabasse. Então uma mecha dos cabelos de Lina se intrometeu no meio do beijo, e foi uma solução. Começaram a rir e, quando se encararam, estavam aliviados. Depois foram andando pelo grande terreno, com o cuidado de não pisar em nada. O rio fazia muito barulho nessa noite. Lina sentia que estava toda babada em volta da boca, mas não achava que seria educado de repente passar as costas da mão para limpar. Logo seca. Iam construir casas naquele lugar, definitivamente. Eram retângulos idênticos, separados nas laterais por uns cinco ou seis metros, e em alguns os trabalhos já estavam mais avançados. Nesses já havia o piso, e também um teto, mas estranhamente não havia parede alguma. O teto era sustentado por pedaços de madeira, muitos deles, um ao lado do outro e separados por distâncias iguais, e assim dava a sensação de que os tetos brotavam dos troncos.

Lina entrou numa das casas e João ficou olhando de longe. Ela começou a andar no meio dessa madeira toda, como se fosse um tipo de labirinto de algum livro que tinha lido. Quase caiu por causa de uma escada jogada no chão. Então se equilibrando de novo, ela gritou: O que é que você acharia de morar aqui? Estava querendo falar daquele jeito curioso e inacabado das casas, mas João entendeu outra coisa e, quando ela saiu de novo e voltaram a caminhar, ele disse: Mas você quer mesmo continuar na cidade?

E nesse ponto passavam por uma betoneira. Lina chegou perto e analisou a máquina com um extremo interesse e um cuidado excessivo. É aqui que misturam o cimento, né? João achava que sim. Olharam os dois para dentro dela, mas o fundo estava preto preto, impossível de ver coisa alguma. Lina continuou ali parada, inclinando a cabeça, analisando. Colocou a mão no bolso, tirou o baralho, olhou para João, e ele sem entender bem o que aquilo queria dizer. Então ela abriu a caixa e virou a primeira carta da pilha. O rei com o porrete. Com um gesto de mágico começando um truque, jogou o rei lá para dentro. João não entendia nada, mas começou a gostar à medida que Lina foi virando as cartas e jogando-as com aquele movimento teatral e um sorriso quase imperceptível, um prazer cruel em fazer, uma a uma, todas as moedas, as espadas, os cavalos e os homens desaparecerem, resistindo, rodopiando, no escuro daquele buraco.

*

De um dia para o outro inventaram um nome, colocaram uma propaganda enorme. Dizia Golden River Banks. Havia uma garota sorrindo no primeiro plano, um garoto mais novo correndo em sua direção e os pais desses dois abraçados e rindo um para o outro e pensando como são lindos os nossos filhos e ah eu não quero mais nada, um lugar assim supre as necessidades de toda a minha vida. De um dia para o outro. As casas cresceram alimentadas por tijolos, telhas e concreto e estavam agora saudáveis e disciplinadas em três filas, de frente para o rio e com jardins bem organizados, como mapas copiados por crianças em papel vegetal. Você já pensou em dar para a sua família uma vida de liberdade? Isso era o que o corretor tinha aprendido a dizer a cada vez que apertava a mão de um interessado. Indispensável sorrir e não ter barba. Usar uma roupa elegante, mas ao mesmo tempo despojada, adoravam essa palavra, os publicitários e os do marketing. Perguntar o nome das crianças. Fazer uma piada leve, sutil, oferecer um chocolate. Ter menos de quarenta anos. Levar a família pela grama, falar do ar puro. Ficar contemplativo de repente olhando aquele lugar silencioso e dizer com ares de quem muito pensou e finalmente percebeu: Você sabe que sua família precisa disso, não é mesmo?

    Fizeram um treinamento de trinta horas envolvendo mesmo um pouco de teatro e esporte. Eram muito bons no que faziam e sabiam medir a força correta na hora de apertar uma mão. Um dos corretores era o melhor de todos. Eu quero perguntar uma coisa a vocês, dizia para o marido e a mulher que estivessem conhecendo o condomínio (nessa hora provavelmente as crianças estavam correndo a alguma distância, encantadas por deixarem os apartamentos durante algumas horas). Onde foi que os seus filhos viram um macaco pela última vez? Um macaco, nossa, e ficava o casal muito surpreso e rindo, Mas um macaco de verdade eles nunca viram. O corretor se deliciava quando ouvia dizerem "um macaco de verdade", e era o que muitos diziam, e sem culpa. Outros se tornavam um pouco silenciosos, refletindo sobre o tipo de educação que estavam dando para os seus filhos. Dois ou três haviam respondido: No zoológico. Mas aí então era simples, bastava falar de grades, ah, as grades, que tristeza! Então o corretor colocava a mão logo atrás da orelha e dizia Vocês estão ouvindo? Não. Os macacos! Mas se não houvesse barulho algum de macaco no momento (aquele não era de verdade o seu habitat, mas eles haviam sido trazidos de caminhão para aumentar a atmosfera natural do lugar), o corretor apenas fingia um desapontamento enorme. É, infelizmente eu acho que eles devem estar descansando a essa hora. Os macacos dormem muito, eles não precisam trabalhar, rá rá rá, e voltavam a olhar a maquete do que seria o Golden River Banks.

 Uma vez um garoto estava junto dos pais quando o corretor fez a pergunta, porque era do tipo grudento e que gostava de ler e que mesmo com a pouca idade já tinha um ar entediado, como se o mundo já tivesse mostrado todos os seus truques. O garoto disse: Eu já vi, tem macacos lá no hospício onde colocaram a minha vó. E ele estava falando de macacos "de verdade", pulando de uma árvore para outra no pátio, e tinha usado aquela palavra horrível, colocaram. Filho, você não pode sair dizendo uma coisa dessas por aí, repreenderam os pais com a delicadeza típica do constrangimento, e virando para o corretor, É, coitada, acontece que teve uma crise nervosa e nós não sabíamos como, ah, mas ela está sendo muito bem cuidada. Claro que está, há mesmo macacos! E riram e passaram para o próximo assunto. Mais tarde o sol estava se pondo quando assinaram o contrato. Lá fora o garoto sentara no balanço, mas sem se balançar e com a cabeça meio encostada numa das correntes. Os pais não leram muito bem as cláusulas. A minha mãe é doida e nós somos o tipo de gente cruel que coloca as pessoas em lugares horríveis, mas temos dinheiro de montão. E depois o corretor viu os três entrarem no carro e irem embora como se estivessem andando assim todos juntos porque eram obrigados a, e então o corretor tomou um pouco de café adoçado e abriu uns chocolates em papel rosa para as meninas e azul para os meninos, mas não os comeu: deixou todos aqueles quadrados derretendo aos poucos sobre a sua mesa enquanto pensava qual era mesmo a importância de ver macacos. E macacos no hospício, mas ué, por que não?

*

Lina de saia, na estrada. Não usava saia desde que pôde decidir sua própria roupa. O dia está fresco, há um vento, a areia sobe na sandália. Lina puxa a saia para baixo. A ideia de que as pernas se encostem sem querer é desagradável e é como se alguém vivendo nos subterrâneos pudesse enfiar um cano na terra para espiar. O sol está metade tapado. O que aparece do condomínio é por enquanto o nome, Golden River Banks em amarelo e laranja. E daí os telhados das casas, as barras de ferro coloridas dos brinquedos imóveis e ainda imaculados na praça central. Agora a foto gigante da família. Lina caminha rápido para passar menos tempo possível com a saia. Mas que ideia foi essa, saia que era da mãe.

    Um trapiche. Colocaram um trapiche por cima do rio para os futuros condôminos que quiserem arregaçar suas calças e pegar uns peixinhos e assá-los numas fogueiras industrializadas e permanentes que estão dizendo que ficarão perto do rio como se tudo então de noite pudesse parecer um acampamento de escoteiros. Golden River Banks, tudo o que você precisa e o que você nunca achou que ia precisar. Está mais perto agora, Lina ouve um barulho contínuo. Não são nem os macacos nem os pássaros, é gente. Ela se apressa mais, as pernas cansadas de se encontrarem suam. Vem de perto da quadra de tênis. Um burburinho. Lina chega à entrada, na grade, espia pelas barras, o guarda não dá atenção. Procura o melhor ângulo, agora sim deu para ver. Um fotógrafo, o Otavinho, uma kombi, mais pessoas, três delas com umas coisas prateadas e maleáveis nas mãos ao redor de uma menina com vestido floreado e os cabelos voando muitíssimo. Lina reconhece, é a menina da propaganda, daquela foto enorme que agora está sobre a sua cabeça. O fotógrafo grita: Mais luz! O Otavinho grita então em eco Mais luz, mais luz. Os três das coisas prateadas, meio acocorados, se mexem um para um lado e um para o outro, tentando capturar o sol para jogá-lo no rosto da menina. E a menina se entedia. E alguém vem e mexe no seu cabelo. E o vento joga o seu vestido para lá e para cá.

    Chega um carro bem velho então pela estrada, que Lina parece reconhecer. Para no portão, o motorista fala com o vigia, Lina não enxerga nada. A grade se abre. Lina já não se lembra de onde conhece aquele carro. O carro vai, mas o portão ainda está aberto. Então o guarda pergunta: Ô garota, você quer ver ali o pessoal fazendo as fotos? Entra, pode entrar. Lina agradece e entra.

    Por onde foi plantada a grama ainda é possível ver os quadrados bem marcados, um enorme tabuleiro de xadrez. Está molhada. Cheiro de terra, as gotinhas ainda penduradas na grama. Lina percebe que chegou alguém para visitar. É um carro alto, grande, com um pneu na parte traseira, e a capa desse pneu tem um urso panda atracado numas folhas de bambu. O carro para, a família desce, entram para falar com o corretor. As crianças começam a correr ali fora porque imaginam um monte de fins de semanas e férias de verão, uma aventura sem fim na beira do rio, e tanto brinquedo que podem pedir e ganhar e guardar na garagem para usar só de vez em quando. Um barco. Podem ter mesmo um barco. E o luxo todo faz até o rio parecer azul.

    Lina agora caminha para perto da quadra de tênis. Estão dizendo para a modelo: Olha para cima. Repetem isso uma porção de vezes, ouvem-se os cliques das fotos, depois o fotógrafo fica um pouco impaciente e diz Mais natural tem que ser mais natural mais natural isso isso um pouco mais assim mais natural como se você estivesse perfeitamente integrada com a água com a grama com esse sol lindo isso isso aí agora tô gostando mais você acertou tá lindo mesmo.

    E nesse momento a modelo deve se sentir verdadeiramente feliz e por isso verdadeiramente sorri olhando um pouco em direção à kombi, pros lados da kombi, e então é possível enxergar uma roda dianteira de bicicleta, só essa roda dianteira é tudo o que Lina consegue ver, mas é o suficiente para revirar o estômago e para ela não querer perceber mais coisa nenhuma, resto nenhum. É mais fácil lidar com as suposições do que chegar por trás da kombi e descobrir que é João trocando olhares com a garota e ele descobrir que é Lina de saia, porque justamente o perigo de mudar é ter que ficar ouvindo da mudança pela boca de todo mundo.

E de repente lá perto das casas começou uma gritaria de verdade. Lina escuta dizerem: Pega pega pega. Lina só corre em direção aos gritos quando todos os outros decidem correr também, menos o menino da bicicleta, que desaparece. Quatro seguranças do condomínio estão agarrados a um homem que resiste e se debate com pés e mãos. É o marido da Alzira. Me soltem, filhos da puta desgraçados! Agora o imobilizam e ele não tenta mais nada. Chora sem poder esconder o choro, esticado na grama como o homem vitruviano. Um círculo de curiosos já se formou ao redor. Lina se afasta e olha em volta procurando entender, mas tudo está no lugar, na calma deserta do sonho de gente rica, e a presença daquele desespero e daquele choro parece injustificável. Lina anda em direção às casas. A porta de uma está aberta. Essas portas nunca estavam abertas. Olha o jardim, o bem organizado jardim e que será igual ao do vizinho e do outro e do outro, caso a jardinagem não entre como uma das atividades ali na casa de fim de semana. Então vê que uns arbustos estão meio pisoteados. As roseiras, as rosas achatadas e despetaladas diante da porta como as gotas de sangue de um fugitivo. Dentro da casa, o sol entra pelas venezianas, enchendo o chão de listras, de claros e escuros angustiantes. Uma das paredes está cheia de riscos de spray descontínuos que sobem e descem desenhando às vezes ondas ou às vezes eletrocardiogramas, mais tarde o marido da Alzira diria que não conseguiu pensar em nenhuma palavra ou nenhuma frase que pudesse expressar o que sentia e por isso fez simplesmente riscos, mas agora Lina acha que os traços mudando e oscilando e uns por cima dos outros podiam dizer mais do que Gordo filha da puta ou qualquer uma dessas coisas que ele pudesse pensar em dizer e escrever sobre o amante da sua mulher.

    Mas os riscos não eram tudo. Ele tinha começado também a quebrar a parede. Havia feito um grande buraco, um buraco fundo como se tivesse tentado chegar até o outro lado, deixar que entrasse alguma coisa que faltava ou transformar tanto aquela casa, até que sua diferença não aguentasse e fosse logo desabar. Mas então devia ter se frustrado como o lobo dos três porquinhos ao encontrar a casa mais resistente, e por sorte o marido não soube, porque já havia sido levado, que tão logo a Lina deixara a casa, chegaram numa van uns homens para limpar, uns para replantar, outros para reconstruir, e pela porta ainda aberta ela podia observar alguém refazendo a parede com todo o cuidado, de joelhos, de joelhos alisando o reboco.

    Nisso o marido de Alzira já não servia nem pra assunto. O sol brilhava sobre o fotógrafo, sobre Otavinho, sobre a modelo e os outros que comiam um lanche às margens do rio, sentados na grama, uma térmica de café entre as pernas, em silêncio ou discutindo sobre fotografar os ofurôs, o salão de festas, a piscina térmica, procurar os macacos, e Lina então passava perto deles, com uma tristeza que ainda não podia entender. E quase na grade, quase no fim, no último quadrado de grama recém-colocado, ouviu que a voz impaciente e contrariada, a voz decepcionada do fotógrafo dizia para Otávio da Rua das Rosas: Cara, lamento aí pra todo o pessoal, mas as fotos da menina hein, vamos ter que fazer tudo de novo. Falta céu.

Capitão Capivara

Clara

Edgar tinha que limpar as piscinas, era isso o seu emprego. Uma rede na ponta de um cano. Dois metros de um pega qualquer coisa. Eu disse da primeira vez que entrei no hotel: você parece estar caçando borboletas, hein? E ele continuou com o trabalho sem nem levantar a cabeça. Edgar começava pela piscina maior, depois vinha a térmica. Já fazia sol no seu rosto, e eu na sombra do prédio. Era mesmo um hotel enorme, mundo ideal por uns dias e para quem tivesse muito dinheiro. Algumas janelas tinham vista para a piscina, outras para o bosque, outras ainda para o vale. Duas noites numa janela pro vale, o salário de um limpador de piscina. Edgar aí finalmente olhou para mim, um instantinho apenas, e depois se concentrou em mergulhar a rede bem devagar, como se não quisesse despertar a água naquela hora da manhã, mas então as pequenas ondas em círculos começaram a se abrir em volta num interminável bocejo. Quando trouxe a rede de volta, Edgar a bateu de leve na laje, até que vi cair uma coisinha preta, e só então ousei chegar perto. Olhei e Edgar agora me sorria, e com muito esforço reconheci aquele emaranhado, porque cada pedaço estava colado no outro e as asas imperceptíveis: uma abelha triste. Vai secar e logo voa, disse o Edgar, mas eu fiz cara de quem duvidava, e ele me deixou lá sozinha com a minha descrença pelo futuro da abelha e foi caminhando pela borda da piscina. Logo adiante, a térmica dentro da sua casa transparente, soltando fumaça. Edgar entrou. Antes ele disse, um tanto alto: Boa sorte lá.

*

Voltei para dentro do hotel, e cada parte tinha um nome de flor, que era para as pessoas melhor se localizarem e também para que o hotel cobrasse caro delas, porque uma ala dos jasmins valia muito mais do que um corredor sem nome. Nas paredes havia pequenas vitrines, como retângulos de vidro, visite a loja tal, ala das hortênsias, nas vitrines havia artesanato e também uma jaqueta branca de couro com o rosto do Elvis, o que não entendi muito bem, porque é o tipo da coisa que a gente não tem o costume de comprar por impulso. Parei na frente de um elevador aberto e com um espelho enorme e resolvi dar boas-vindas a mim mesma fazendo uma cara engraçada, embora eu ainda não soubesse o que ia se passar na entrevista. Do lado havia um cinzeiro dourado bem alto, como uma taça gigante de vinho sem lugar para pôr o vinho, e alguém tinha deixado ali o primeiro cigarro da manhã ainda em brasa. Continuei, e agora com mais pressa depois de olhar o relógio, enquanto vinha comigo uma música bem baixinha por todos os corredores, como se piano, guitarra e bateria estivessem sendo tocados só com as pontas dos dedos, ou fossem instrumentos em miniatura na mão de uns homens que podiam então ser grandes. A voz não dizia nada. Dizia dubadubada.

O hotel estava na parte mais alta da montanha, a cereja no topo do bolo. Tão alto que em muitos dias as nuvens ficariam ainda abaixo dele e, pelos janelões da sala da lareira, os casais esticados nos sofás não veriam coisa nenhuma. Era comprido, com três andares, cheios de arcos sobre cada uma das suas janelas e um pouco fora de moda, porque talvez não entendesse que ia durar tanto e se construiu como se fosse ser para sempre setenta. Assim eu logo descobriria que o anfiteatro era cheio de um constrangimento visual para aquelas pessoas que, como eu, se ligavam aos detalhes, com suas paredes atapetadas e cinzeiros embutidos nas poltronas, que bem mereciam um registro fotográfico para que nos convencêssemos que sim era verdade, eles ainda estavam ali, e nos quartos havia cadeiras feitas de imitação de couro de cobra e azulejos com a cabeça da esfinge. Mas por ora eu mantinha minha boa impressão. Sentia o cheiro agradável de lenha queimada vindo da grande sala da lareira, e essas coisas têm o poder de seduzir qualquer um. Caso me contratassem, eu ganharia um colchão na parte de cima de um beliche e uma saída dramática da casa do meu pai e da minha mãe, o que era tudo que uma garota de vinte anos com pretensões literárias pode esperar. Uma juventude de privações e experiências um tanto quanto originais, para beatnik nenhum botar defeito. Melhor que pagar cursinho de inglês em Londres como desculpa para limpar mesa de pub. No hotel tudo soava como uma grande aventura do tipo elevadores transbordando de sangue em *O iluminado*. Estava já diante da porta. Bati e o Gerente disse Entra. E entrei.

Era uma sala muito bonita, e o Gerente lá com seus trinta e tantos anos usando terno azul-marinho e gravata. O prendedor da gravata brilhava o logotipo do hotel. Era isso que eu olhava quando ele disse Senta, e eu sentei e a cadeira fez um barulho constrangedor. Sorri amarelado e começamos a conversa. Alcancei meu currículo e ele colocou os óculos, e enquanto isso eu olhava para trás dele, onde se podia enxergar o vale e as casinhas do vale, e fiquei brincando de imaginar que na verdade ninguém morava naquelas casinhas, que elas existiam apenas para serem admiradas através das grandes janelas do hotel, e quem sabe algum funcionário descia até lá diariamente para fazer uma fumaça bonita sair pelas chaminés. Mas o Gerente agora já estava falando comigo, e ele dizia Você sabe que temos um plano de carreira por aqui, e me olhou por cima dos óculos. Você pode vencer. Achei que "vencer" era uma coisa um tanto exagerada, porque era só um emprego para cuidar de crianças, mas entendi que ele tinha lido muito sobre marketing na sua vida, e disse, fingindo, É o que eu mais quero, senhor, que era verdadeiramente a resposta certa para essas coisas. Ele ficou muito satisfeito e continuou a ler. Reparei daí que pelas paredes havia uma porção de diplomas emoldurados, e nas lombadas dos livros que vi na estante, entre dois troféus pela melhor gestão de marca do ano tal ou uma enganação dessas, consegui ler títulos do tipo *Como manter os pés no chão e os olhos no horizonte* e *A síndrome do macho alfa*. Em vez de vomitar, achei que seria melhor continuar com as pernas lindamente cruzadas e um sorriso discreto de submissão.

    Você me dá um minuto e vamos ver se você está apta para o cargo, ahn. Um minuto. E saiu. Não sei quanto tempo levou para voltar, mas logo ouvi que falava e uma mulher respondia, falava de novo e uma mulher respondia, e no entanto tudo que consegui ouvir foi quando ele disse Deve estar na sala do Capitão Capivara, me parece óbvio, ahn!, e compreendi que o Gerente achava que inteligência era distribuída por organograma. Mas quem era o tal Capitão Capivara? Eu já estava nesse momento achando muito boba a ideia de cuidar de criança rica, porque minha família tinha um bom dum dinheiro e havia enlouquecido completamente com minha ideia de trancar o curso de Letras por causa de um trabalhinho desses. Então o Gerente foi entrando e não houve mais jeito, e entrava com uma certa dificuldade, empurrando a porta com a bunda, porque suas mãos estavam ocupadas com dois enormes sacos de pano. Mas o que era aquilo? Colocou os sacos no chão e disse: agora vamos ver se você cabe na fantasia, e levantei da cadeira num quase pulo, como se "fantasia" houvesse acionado uma corrente elétrica no assento. Fantasia? Que fantasia?

Do nosso mascote, Clara.

E abriu o saco e foi onde tudo começou. O Capitão Capivara. Eu ia ser o Capitão Capivara. Pelúcia marrom com braços e pernas, modelada para um corpo de um metro e sessenta. A barriga mais clara e por isso sebosa das mãos pequeninhas dos hóspedes.

Você pode experimentar agora?

O Gerente me olhava e eu gostaria de explicar que não tinha pensado em ter um emprego de pelúcia gigante, que nada disso estava escrito no anúncio, era preciso lidar com crianças sim eu sabia, mas ninguém tinha falado em pelúcia gigante em momento nenhum.

Sentei e comecei a desamarrar os tênis. O Gerente dizia: é incrível o que o Capitão Capivara agrega de valor à nossa marca. Você pode rir, mas é verdade, e já fizemos inclusive algumas pesquisas a respeito, porque hoje em dia quem escolhe um tipo de hotel do padrão do nosso não está somente atrás de um quarto confortável, ou de uma piscina, ou de um café da manhã de alta qualidade, mas quer que o hotel tome para si a responsabilidade do fim de semana mágico que a família está esperando, não é mesmo? Nós é que temos que nos desdobrar por inteiro pela felicidade dos outros, que vão ficar sentados esperando a vida acontecer, porque eles pagaram e é assim que tudo funciona hoje em dia, ahn.

Então eu estava quase lá, mas, antes de me transformar em Capitão Capivara, parece que meu corpo todo se fez mais presente do que nunca ao perceber que durante oito horas diárias seria só o mecanismo que ia fazer a fantasia funcionar. Senti como se o sangue tivesse corrido até as pontas dos dedos sem depois conseguir fazer o caminho de volta. A barriga dobrada quando me inclinei para enfiar primeiro as pernas. Tudo que trabalhava debaixo da pele no movimento minúsculo e automático de esticar os meus braços para que então entrassem até o fundo dos braços do Capitão Capivara. As mãos do Gerente deslizando pelas minhas costas até o fecho, o fecho puxado para cima, e então ficou tudo bem mais apertado e o calor aumentava dentro da fantasia e eu já era quase o Capitão Capivara por completo, faltava só a cabeça, essa cabeça enorme e redonda que o Gerente daí tirou do outro saco. Antes que nos fundíssemos, eu e a cabeça, tive a nítida impressão de que ela me observava com seus olhos inexpressivos e cheios de pequenos furos. E logo estava pronto. O Gerente andou em volta de mim. Ficou um tempo nas minhas costas analisando, e eu não enxergava mais nada e perdi qualquer noção de espaço, e pensava ou me acostumo ou saio correndo daqui, mas correr para onde se em volta do hotel nada havia, nada em quilômetros que não fossem as falsas casinhas que vemos em molduras mofadas na entrada de um decrépito restaurante de comida alemã, e enquanto o dono fica cada vez mais vermelho com os anos, lá estão as casas sempre iguais e lá está escrito Bavária ou uma coisa dessas, mas eu já estou presa nesse grande hotel e o gerente diz Toca aqui, Capitão, com o braço estendido que espera a minha mão de pelúcia.

Carlo Bueno

Quando eu aparecia, Edgar já havia terminado com as duas piscinas. Era o fim da manhã e eu enfiava na boca dois tylenols com água da torneira, enfiava as roupas da véspera que estavam no topo do morro de roupas que eram todas as minhas roupas fora da mala, e ia então encontrar o Edgar. Tudo estava ainda calmo, embora não ficasse mesmo agitado nunca, só uns ou outros a essa hora voltavam do café da manhã rindo como se fosse um efeito colateral das panquecas. E eu com minha dor de corno há três semanas no hotel, merda de hotel. Caminhava até a piscina. Sempre que empurrava a porta de vidro e de repente então no meio do sol e sonolento e bastante mal-humorado, pensava que o tipo de coisa adequada para o meu estado de espírito era ficar por uns meses dentro de um quarto e só. O sol era uma afronta. Mas já havia esse meu hábito e do Edgar, e lá estava eu de novo na beira da piscina, vestido de escritor bêbado e que não corta mais o cabelo e está se parecendo com um intelectual francês, vestido sem mulher para dizer que a gola da camisa está completamente torta. Edgar me via e olhava para os lados, certificando-se de que era então possível que eu me aproximasse, porque íamos cometer uma espécie de crime, um crime verdadeiramente hediondo: hóspede e funcionário fumariam juntos o primeiro cigarro da manhã. Edgar dizia Oi Doutor, e depois quase não falávamos, e justamente por isso de falarmos muito pouco é que Edgar desconhecia o mal contido no habitual Oi Doutor, inocente Doutor dos que querem demonstrar respeito, mas que ouvido no contexto em que eu me encontrava era como um abridor de cartas em brasa enfiado no abdômen. Uma semana antes de chegar a esse hotel para escrever o tal do livro que haviam me encomendado, o livro que certamente teria capa preta com espirros de sangue e depois uma segunda edição com aquela atriz e seu olhar profundo, "O romance que inspirou a minissérie" numa faixa vermelha, enfim, me perco nesse livro do qual muito desconfio que me envergonharei e prevejo tão bem assim o futuro porque há quatro anos já que entro na lista dos best-sellers porque sou um corrompido. Vejo que me perco mais uma vez. O que queria de fato dizer é que, uma semana antes de eu chegar ao hotel, minha mulher tomara a dianteira e embarcara num cruzeiro com o Pneumologista. O que havia de chocante nisso não era particularmente a traição em si, embora isso me torturasse também muito e sobretudo à noite, mas o fato de um escritor ser trocado por um mero médico. Ah, os médicos. Se soubessem como odeio os médicos e a utilidade de seu conhecimento, ao mesmo tempo em que desprezam essas coisas menores e sem sentido como um Modigliani ou *Por quem os sinos dobram* ou *Kind of blue*. Um cruzeiro e muitas praias portanto, que é, como todos sabem, o paraíso da estupidez, onde deita e rola a estupidez no espaço entediante de areia e mar. E na montanha? Aqui na montanha vêm os egocêntricos olhar o mundo de cima.

*

Edgar e eu ficávamos meio protegidos num vão de parede. Ele se encostava na porta de ferro que dizia Não ultrapasse: exclusivo para funcionários, e atrás dela havia o barulho constante da rotação das máquinas de lavar. Era possível sentir o cheiro dos lençóis embranquecendo. Eu puxava dois cigarros e acendíamos e ficávamos fumando até que a brasa encostasse no filtro e como se tivéssemos pressa e fôssemos meninos com cigarros num banheiro de colégio. Edgar tinha a cara de um James Dean esquecido. Fumávamos em silêncio. Era um começar de dia melancólico, Edgar usando o polegar e o indicador para segurar o cigarro. O sol injetava uma claridade desconfortável na piscina. Mas nesse dia, já não lembro qual era, Edgar quebrou o silêncio e perguntou se era verdade que me pagavam para ficar hospedado no hotel e por quê. Foi uma coisa que tinha ouvido falar. Disse também que sabia só é que eu era escritor, já vira na televisão algumas adaptações dos meus livros. Não, os livros não tinha lido nenhum. Então expliquei como pude explicar, embora a mim mesmo ainda soasse um pouco estranho: que meu editor copiava muito o que se fazia pelos Estados Unidos, que achava que o romance estava morrendo e as vendas caíam vertiginosamente e numa feira ouvira muito falar de merchandising literário, que era basicamente escrever um livro e nesse livro citar marcas que então pagavam para estarem ali no livro. Como quando bebem café no meio da novela e dizem Ó, que café ótimo, eu nunca tomei um café igual e etc., close na caixa do café. Pois o hotel me paga pra ficar aqui, Edgar. Eu fico aqui escrevendo o livro e o livro vai se passar no hotel e as pessoas vão ler o livro e vão ter vontade de vir aqui para o hotel. Pelo menos é esse o plano.

    Acho que Edgar entendeu e achou mesmo um pouco de graça, até porque nunca imaginara que o mais empolgado com a ideia toda era o Gerente, o que contei com uns certos exageros para que soasse mais interessante. Do outro lado da piscina, vi que passava a loira de uniforme verde, Patrícia, apresentando o hotel para o novo Capitão Capivara. Acenou para mim e para Edgar. Agora de novo havíamos ficado em silêncio. Eu me sentia péssimo. Meu trabalho me envergonhava.

    Pelo menos me pagam o uísque, eu disse, forçando um sorriso.

    Edgar riu.

    Me parece bom.

    É. Talvez não seja mesmo tão ruim.

Clara

E eu trabalhava com a Pati, a Olá amiguinhos eu sou a Pati, que era o que dizia o seu crachá. Eu dependia da Pati para subir e descer escadas, para apertar botões de elevador e para ser minha porta-voz quando alguma criança queria conversar. O Capitão Capivara não fala, era o que a Pati respondia (crueldade), e lá dentro estava eu encarcerada, e lá fora uma boca enorme aberta em dois dentinhos muito simpáticos. Eu não gostava de ter que depender da Pati para essas coisas elementares.

  Pelo menos a sala de recreação tinha o meu nome, era a Toca do Capitão Capivara, e dava calafrios sobretudo antes de começarmos o dia, tudo apagado e a luz entrando oblíqua, azulada e triste, os desenhos sempre os mesmos na tevê, o fliperama também repetindo os gritos dos lutadores, a pilha de jogos de tabuleiro com suas caixas velhas (crianças com cortes de cabelo anos oitenta), remendadas de durex se descolando. Mas a coisa mais triste de ver era o castelo feito com blocos de montar e que alguém tinha achado bom o suficiente a ponto de imortalizá-lo com pingos de cola. Era a mesma ideia idiota de enquadrar um quebra-cabeça depois de montado, e Olá amiguinhos eu sou a Pati não sabia nada sobre quem era o responsável por aquela maravilha, mas podia bem saber e não ter dito nada, como fez com Carlo Bueno. Eu costumava estupidamente falar das minhas pretensões literárias quando passava um vinho pelo dormitório e nós sobre os beliches conversando muito à vontade, mas nunca Pati disse uma palavra sobre Carlo Bueno, que estava lá há muito tempo e eu ainda não sabia, porque não costumava olhar as orelhas dos livros, e jamais o teria reconhecido nos corredores se não fosse Edgar me dizer um dia: E lá está o meu amigo escritor, Carlo Bueno. Talvez eu não tivesse dito a Pati que Carlo Bueno era certamente meu autor favorito e que muitas vezes eu o copiava sem pudores, que é o que os jovens fazem. Mas era um escritor e um escritor muito famoso, portanto seria lógico que tivesse feito um comentário qualquer, e esse silêncio foi o que já interpretei com desconfiança. Pelo jeito eram preparativos para o que viria mais tarde.

 Olá amiguinhos eu sou a Pati tinha o costume de desaparecer no banheiro antes que o dia começasse. Saía de lá depois de uns quinze minutos com um quilo de maquiagem, como se houvesse espalhado tinta guache embaixo dos olhos. Lembro que no primeiro dia ela passou uma impressão das piores porque estava claro que se achava a rainha do pedaço (é fácil ganhar de uma pelúcia), colocando ordem nas coisas, ou fingindo que colocava. Enfim, aquelas pessoas que vão de um lado para o outro sem no entanto fazer coisa alguma. Sempre conhecemos duas ou três dessas, e vi nesse primeiro dia que Pati era facilmente o tipo. Enquanto estava nessa simulação toda de muito trabalho, ia falando das regras de funcionamento do lugar, e logo coloquei Pati também em outra categoria: das que sentem um prazer avassalador ao explicar coisas que a nova funcionária ainda não sabe, porque assim têm um atestado de sua superioridade. E depois disso é que entrou no banheiro. Eu ainda não sabia sobre a sessão de maquiagem diária. Quando saiu foi que aproveitei para perguntar se ela gostava dali.

Você gosta daqui?

Mas percebi que a fantasia de Capitão Capivara abafava completamente a minha voz, e nem eu mesma ouvi o que perguntei, o que me deu um pânico instantâneo. Pati já chegava mais perto e pedia para eu repetir. O que você disse? Então vi que seus lábios agora brilhavam aquelas coisas com gosto de cereja. Vi que nos olhos tinha feito riscos pretos e que havia também aquele azul chocante (tinta guache), e a pele estava coberta de base como se pudéssemos tirar e guardar Pati para sempre numa gaveta. E o que senti foi uma pena enorme dela, daquele ritual que eu julgava perdido, porque Pati estava esquecida na montanha distraindo crianças e só. E disse: fala, Clara! Mas aquele seu rosto esperando há sei lá quanto tempo que algo mágico acontecesse havia me tirado toda a coragem de perguntar.

Carlo Bueno

Havia um negro genial que tocava jazz no piano bar. Tocava como um doido e tocava para si, como os músicos de verdade tocam para si, e portanto não me despertava aquela piedade de quando vemos um tecladista na praça de alimentação de um shopping. Era um músico, e não um quebrador de silêncio, e conseguia fazer com que *In a sentimental mood* me dilacerasse o coração mesmo sem o sax de John Coltrane. Eu ficava lá o tempo todo nas sextas e nos sábados, que eram os dias em que ele aparecia com um fraque e cara de junkie, e um junkie de fraque já era uma coisa dramática o suficiente para me comover. Eu ficava lá bebendo uns tantos uísques e puto se o barulho das bolas de sinuca se atravessasse no jazz do cara. Ele não ganhava lá essas coisas porque estava sendo fiel à sua arte, o que não era o meu caso com essas porcarias de romances policiais que todo mundo gostava. E agora mais essa de publicidade do hotel disfarçada no meio de um duplo assassinato por envenenamento. É claro que eu teria que ficar quieto sobre por exemplo o lago de carpas de dez anos atrás, que agora era um espaço fundo sem água pintado com tinta azul clara, e disfarçando muito mal a sua condição de já-não-sou-mais-o-que-era com uns ridículos e enormes vasos de comigo-ninguém-pode. Um tipo de ironia bem refinada. E a jaqueta do Elvis, meu Deus, aquela jaqueta do Elvis na vitrine há cem anos. Mas no fundo tudo isso só aumentava a minha simpatia, minha simpatia por esse lugar que se recusava à derrota, e pelas pequenas histórias que Edgar agora me contava esperando por certo que eu as colocasse no livro. O hotel era mesmo fantástico e terrível, e é claro que qualquer escritor adora louvar os lugares e as pessoas ambíguas, enquanto se cansa facilmente com aquilo que não o é. E é claro também que me solidarizo com aqueles, com aquilo, que se recusa a soltar o seu passado de glória (homens fumando cachimbos e apostando cabeças de gado no pôquer, diria o Edgar, com um certo exagero).

E no quarto havia sempre pequenas surpresas. Como corações de chocolate em papel laminado vermelho sobre a cama, um ato de extrema delicadeza se não viesse com um panfleto tentando fazer com que comprássemos chocolates na loja do hotel para levar como lembrança de uma estadia inesquecível etc. e tal, 10% de desconto com a apresentação deste. E na gaveta, o *Novo testamento*. Nenhuma novidade até aqui. Essa coisa louca de colocarem um *Novo testamento* em todos os quartos do mundo, como se fosse natural que hotéis nos enlouquecessem a ponto de virarmos fanáticos religiosos de uma hora para outra. Talvez fosse verdade. Pelo menos quando se está há três meses num hotel. Talvez por isso eu tenha aberto o *Novo testamento*, para rir um pouco lembrando as aulas de catequese quando então vi que alguém rasgara um pedaço do Evangelho de João. Era certo que virara um baseado. Dava para ver pelo tamanho, e porque era um retângulo. Podem achar que já estou um pouco velho para ficar sorrindo com as transgressões alheias, mas eram essas coisas que me faziam simpatizar com a humanidade. E o livro? Eu não estava escrevendo tanto assim.

*

Passava pela recepção quando me chamaram. Era o Editor no telefone. Dessa vez não deu para fugir. A primeira coisa que ele perguntou foi se eu não andava mais com o meu celular. Eu respondi que estava com medo de morrer, eram umas armas esses celulares: vi num documentário que o aparelho em contato com o osso ilíaco afetava dramaticamente a produção de células hemáticas. O Editor gargalhou, certo de que era uma piada, e depois quis saber quando é que eu lhe enviaria algumas páginas do livro. Eu disse que isso de enviar em pedaços era coisa de amador, e ele de novo achou que eu estava brincando e de novo riu. Comecei a ouvir de repente um burburinho no saguão. Entrava uma horda de pessoas de branco, segurando pastas verdes com desenhos de cobras enroscadas. Ah, será possível, não estava mesmo acreditando, branco, tudo branco, essa cor bondosa e angelical. Deus do céu. O que foi?, perguntou o Editor. Médicos, eu disse. Médicos, e já tremia todo. Aparentemente, vamos ter um congresso por aqui. Eu espero que isso não faça muito barulho para você, ele respondeu. Imagina. No café da manhã, farão piadas sobre sujeitos atravessados por facas de cozinha em emergências de hospitais. Essa gente é louca. Enquanto no colégio eu chorava por algum amor não correspondido, os pequenos futuros médicos estavam

lá dissecando rãs ou abrindo o curativo do amiguinho pelo prazer de ver o sangue coagulado e a pele esfolada coberta com mercúrio cromo.
 Do outro lado da linha, houve um grande silêncio. Então o Editor disse, com o máximo de seriedade:
 Você está bem, Carlo?
 Acho que sim.
 A sua mulher vai voltar.
 Eu não quero que volte.
 Outra vai aparecer.
 Provavelmente.
 Bem. Trate de falar coisas positivas sobre esse hotel hein. Faça um belo de um contraste entre o luxo do hotel e os pensamentos bárbaros do seu assassino. E, Carlo, você ainda vai fazer o cara matar o casal com veneno?
 A princípio sim.
 Certo. Pergunte então a algum médico que tipo de veneno você pode usar.
 E a partir daí foi uma sucessão de tragédias. Primeiro desliguei bastante irritado com essa última colocação e fui até um cavalete com a programação do evento, por puro masoquismo. Na abertura, falaria um médico muito famoso. Ironicamente, era um sujeito que tinha publicado três livros pela minha editora. E eles venderam mais que os meus, porque qualquer coisa que venha com regras de funcionamento para a felicidade vende como água hoje em dia. São livros de bolso que dizem o que fazer para que as pessoas vivam mais, porque as pessoas sempre querem viver mais, mesmo que se queixem o tempo todo quando estão vivas. Imagino portanto que os médicos logo serão uma grande mancha branca aglutinadora à espera do seu

guru, e o auditório vai perder o sedutor cheiro de mofo para a grande assepsia médica.

Então a segunda tragédia. Embora para mim todos eles sejam iguais, os médicos sobre suas colunas gregas imaginárias que adoram gritar Sou médico sou médico quando há algum tipo de problema, reconheço logo o pior dentre eles, com aquele seu blusão de losangos pendurado nos ombros. Me congela a alma. Não consigo respirar. É o Pneumologista. E o cruzeiro? E minha mulher? Aí me lembro que já se vão três meses, e de toda maneira ela nem mesmo sabe que estou aqui, porque é um desses segredinhos mercadológicos, e portanto eu nem poderia esperar algum tipo de sensibilidade de sua parte. Tento uma escapada pela direita e completamente atordoado chego até o corredor com as vitrines, percebendo então que tiraram a jaqueta do Elvis, aquela fantástica jaqueta do Elvis, e que agora há blusões com as cores da moda, e tudo isso são os médicos, culpa dos médicos, e somente ver a sala de recreação me tranquiliza enfim. O ridículo do Capitão Capivara que parece me acompanhar com o seu olhar duro e a sua boca aberta congelada. E também a bunda de Pati, que acaba de se abaixar para recolher um brinquedo.

Clara

E tudo estava confuso com a chegada dos médicos, porque muitos haviam trazido os filhos e não podiam dar atenção a eles. Deixavam crianças aos montes na sala de recreação, e no primeiro dia já enlouquecíamos. Choravam, gritavam, puxavam os cabelos uns dos outros. Se agarravam nas pernas de pelúcia. E tínhamos que ficar cuidando para que não saíssem pelas portas de vidro e corressem para a piscina. Edgar lá fora ria, abrindo os guarda-sóis brancos e amarelos.

Então o sol estava me torrando os miolos dentro daquela fantasia, mas Pati é que passou dos limites e por isso foi demitida. E disse que era culpa minha. Disse aos berros e recolhendo suas coisas no dormitório que era tudo culpa minha e da minha inveja. Nunca vi alguém gritar tanto. Gritava como louca. Dois anos de trabalho e você chega e destrói tudo! Você é ridícula, ela disse, e eu estava a ponto de chorar. Mas fiquei aliviada que pelo menos ela não soubesse disso, que eu estava a ponto de chorar, porque nessa hora eu já tinha recolocado a cabeça do Capitão Capivara, que tirei antes para falar com o Gerente. O Gerente havia me chamado. Tudo bem. Mesmo que não houvesse me chamado, era de qualquer maneira muito fácil saber sobre o que Pati fizera. Tínhamos câmeras e as câmeras transmitiam imagens da sala de recreação direto para os quartos, caso você quisesse ficar de olho no seu filho. O que eu quero dizer é: alguém de qualquer maneira haveria de confirmar o tapa fenomenal que Pati aplicara no rosto do filho de um médico. Mesmo que eu não houvesse dito nada ao Gerente. Mas o Gerente já sabia, porque o médico tinha estado lá para fazer a reclamação. O Gerente me chamou só pra ter certeza. Era uma péssima pessoa, o que dava para entender, porque em geral é o que acontece com quem lê muito sobre marketing. Falou de novo sobre o plano de carreira. Chegou a dizer que eu estava fazendo um ótimo trabalho e, caso Pati tivesse que ir embora, eu poderia ficar no seu lugar. Aquele "caso tivesse que ir embora" era muito engraçado. A linguagem desses caras é fenomenal. Então ficou lá esperando e eu disse:

Vi o tapa. (eu segurando a enorme cabeça com as duas mãos)

O Gerente estava muito preocupado. Levantou da cadeira, virou-se para a janela, ficou olhando as casas do vale. Falou:

Isso poderia até acabar em processo. Não é coisa que se faça.

Não. Não é coisa que se faça. (gente assim gosta quando repetimos suas frases)

Saí de lá e logo mais Pati foi demitida. Eu estava com pena, como naquele primeiro dia da maquiagem. Pati era muito apegada a essa vidinha na prisão cinco estrelas. Quanto a mim, eu só queria era ficar mais um pouco para juntar ideias suficientes para o meu primeiro livro. Então houve toda aquela gritaria, Pati recolhendo as coisas, colocando na mala os enfeites que tinha sobre o criado-mudo, a foto com a família na praia, um urso de pelúcia, o despertador cor-de-rosa, um prêmio de funcionária destaque do ano. E gritava. E chorou. Chorou muito e o sol entrava pelas pequenas janelas retangulares dos dormitórios. Devia estar pensando em puxar os meus cabelos também. Era triste perceber que podíamos a qualquer hora nos transformar naquelas crianças que no fundo odiávamos tanto. E começou a me dar mesmo uma dor no estômago estar assistindo àquela cena tão desesperadora.

*

De manhã cedo, o hotel oferecia um serviço muito criativo e do qual se orgulhava muito. Tinha sido ideia do Gerente. Chamava-se O Despertar do Capitão Capivara. Estava junto das comidas no cardápio do serviço de quarto. Consistia no Capitão Capivara tocando a campainha com uma escova de dentes gigante na mão e indo acordar a criança que estava no quarto. Uns poucos choravam. A grande maioria ficava eufórica. A criança e eu íamos ao banheiro e eu fingia escovar os meus dois dentes com a escova gigante e a criança escovava de verdade os seus. Os pais ficavam olhando pela porta e sorrindo.

Era o primeiro dia sem a Pati e eu pensei que nunca mais teria de colocar a fantasia. Mas me chamaram na recepção. Disseram: O Despertar do Capitão Capivara no quarto 314. Lá fui me vestir. A pelúcia tinha cheiro de suor dormido. Tranquei a respiração ao colocar a cabeça. Peguei a escova gigante. Era difícil sem a Pati, porque os botões do elevador são aqueles que funcionam por calor e não aceitam uma mão revestida de pelúcia, portanto tomei a direção das escadas, e com muito cuidado para não tropeçar. Tudo deu certo. Cheguei ao 314. Bati na porta e uma voz masculina gritou Entra, tá aberta! Fui entrando, e ali da entrada via apenas os pés da cama de casal. Tudo fechado. Me guiava apenas pela luz do abajur. Havia um cheiro forte de cigarro. Então via agora toda a cama. Era Carlo Bueno deitado, eu não podia acreditar, e nenhuma criança que tivesse que escovar os dentes. Só Carlo Bueno e Pati, Pati deitada como um grego deitava na antiguidade, de lado e o braço direito apoiando a cabeça. E me olhou, porque tinha me chamado só para me olhar mais uma vez como Capitão Capivara, portanto me olhou com toda a maldade que era capaz de injetar nos olhos. Ela sabia que eu não tinha jeito de responder à altura: tinha somente aqueles meus grandes olhos contentes de plástico.

Minha voz desaparecera. Eu estava com dores de estômago e humilhada e, antes de sair correndo do quarto, olhei para Carlo Bueno. Queria entender Carlo Bueno, mas ele tinha apenas a cara mais neutra que eu jamais vira em toda a minha vida. Como se fosse o porteiro de uma clínica de radiologia. Aquilo foi demais, e saí correndo. Tirei a fantasia na sala de recreação. Adeus, Capitão Capivara, era o que eu dizia, e Edgar já havia começado a limpar as piscinas e me enxergava através dos vidros. Olhava muito preocupado. E mais uma vez saí correndo. Cruzei com médicos na recepção, porque as palestras começavam bem cedo, e todos me olhavam correr como uma louca até que saí pelas portas que se abriam automaticamente. A manhã estava gelada e o ar da montanha zumbia. Não quis saber de parar e fui em direção ao vale. Fui procurando caminhos que não eram bem caminhos e, quando cheguei lá embaixo, minhas calças tinham se molhado de orvalho até a altura dos joelhos. Olhei o hotel sobre a montanha. Olhei as casas na minha frente, tão grandes agora. E cheguei àquelas casinhas com jeito de quem espera ser convidada para o almoço. Abri a primeira e vazia. Abri a segunda e vazia. Abri a terceira e

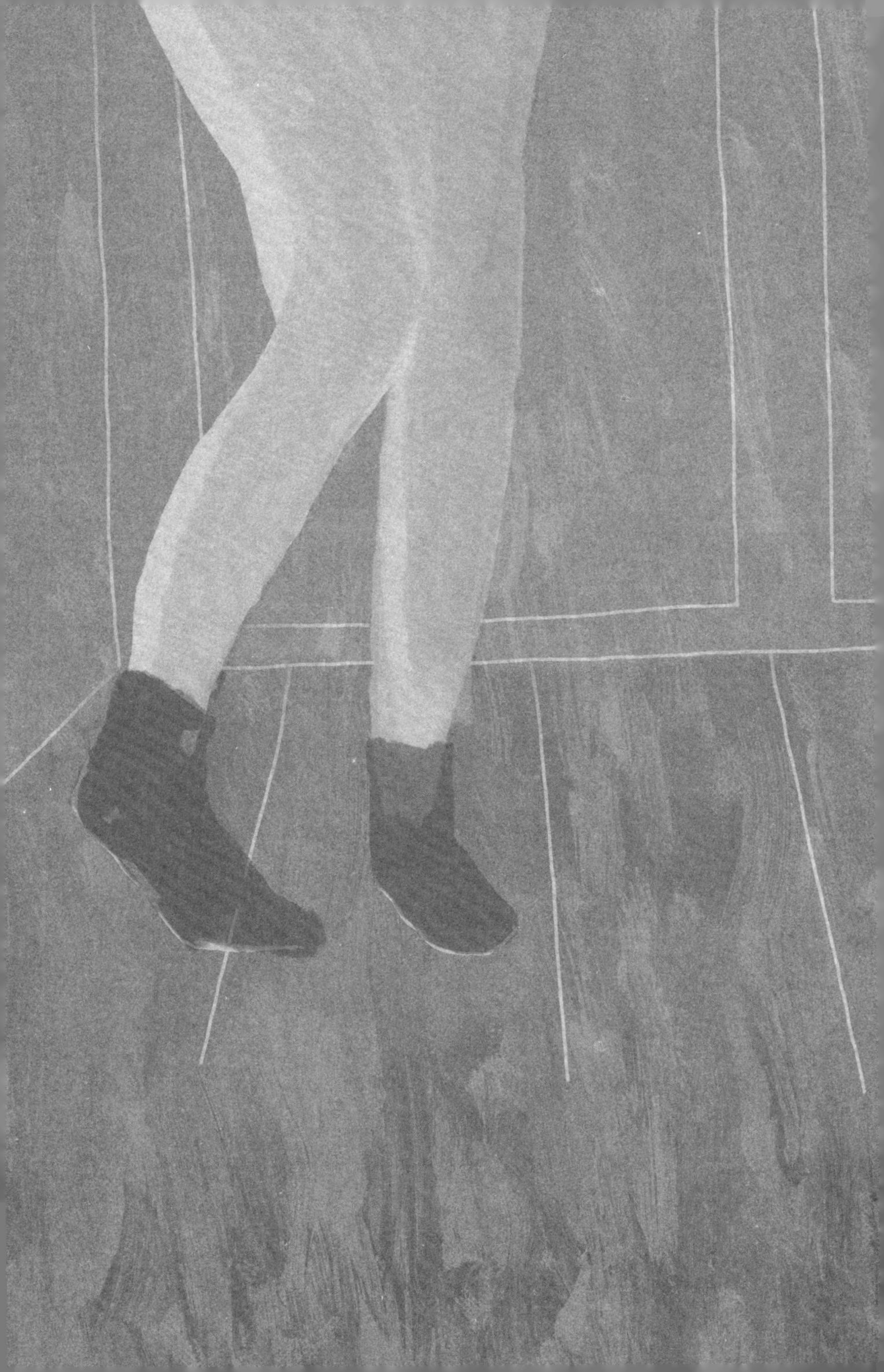

POSFÁCIO

Paredes firmes

por Diego Grando

> *(...) e que vida difícil era essa que nos fazia entender as coisas só quando saíamos do lugar.*
>
> Carol Bensimon, *A caixa*

Por uma espécie de acordo tácito entre todos os participantes do universo da circulação literária, é bastante comum que livros de estreia, à medida que as trajetórias de seus autores se consolidam, fiquem obscurecidos, por com frequência abrigarem as inseguranças e oscilações temáticas, estilísticas e estruturais típicas dos escritores iniciantes. Eles representariam, assim, mais uma etapa de preparação autoral do que o início consistente de uma obra — obra essa que avalizaria a relativização do julgamento sobre aquele livro inicial, afastando-o da luz e possibilitando, então, que o texto problemático-promissor entre numa confortável hibernação, da qual só emergirá, por vezes, depois da canonização definitiva de quem o escreveu. Isso sem falar nos casos mais radicais em que os próprios autores atuam para esse obscurecimento, renegando publicamente sua estreia — e, em alguns casos, quixotescamente recolhendo exemplares das livrarias.

Certamente não é o caso aqui. *Pó de parede* nasceu maduro, com uma maturidade iluminadora que apontava — ou guardava de forma críptica, talvez até para a própria autora — as linhas gerais do desenvolvimento da obra futura de Carol Bensimon. De modo que hoje, passados quinze anos e quatro romances de seu surgimento, vem reeditado a título de comemoração, e justa comemoração, mas não por necessidade editorial: de 2008 até agora, o livro nunca deixou de circular, foi reimpresso um considerável número de vezes, figurou em clubes de leitura, bibliotecas e salas de aula de todo o país. É um primeiro livro que *continua*. E, felizmente, continua mais por ser *livro* do que por ser *primeiro*.

Trata-se, portanto, da estreia bem-sucedida de uma autora que veio a se tornar central no cenário brasileiro e latino-americano contemporâneo. Nas próximas páginas, gostaria de apontar e retomar alguns dos aspectos que me parecem cruciais para essa sobrevivência saudável de *Pó de parede*, indicando alguns pontos de contato, ainda que de forma sintética, com as obras que lhe sucederam. Isso e, eventualmente, mais algum comentário de teor testemunhal, uma vez que, pelas alegres circunstâncias da vida, sempre pude estar por perto da Carol.

Arquiteturas

O primeiro aspecto que me parece incontornável diz respeito à arquitetura do livro e *no* livro. Afinal, mais do que uma reunião de histórias com pontos de contato, *Pó de parede* forma um tríptico: *A caixa*, a mais extensa, funciona como o painel principal — que, embora seja a imagem central do tríptico, é a primeira que os olhos encontram

—, e em torno dela se abrem *Falta céu* e *Capitão Capivara*. Se abrem e, evidentemente, se fecham, numa unidade impressionante, na qual o espaço narrativo de cada uma das histórias — a casa modernista, o condomínio em construção, o hotel de luxo — se revela indissociável da própria trama, funcionando como catalisador dos dramas de formação ali vividos. No conjunto, fazendo uma síntese bastante esquemática, encena-se a passagem da infância para a adolescência (*A caixa* e *Falta céu*), e desta para a vida adulta (*A caixa* e *Capitão Capivara*). As três histórias, porém, oferecem muito mais, se insistirmos na leitura do espaço. Vamos tentar deixar isso um pouco mais visível.

Em *A caixa*, as casas de Alice e Laura marcam um contraponto ao mesmo tempo arquitetônico, urbanístico e socioantropológico: em lados opostos da praça, elas materializam estilos contrários — o clássico e o moderno, se quisermos, ou a casa de bonecas e a casa estranha —, estilos esses que são extensões de seus habitantes — quando não são projeções diretas deles, são ainda assim as bases para suas construções e figurações identitárias. Até que, é claro, as mortes de Kowalski e de Laura vêm esculhambar com tudo, fazendo com que uma das casas termine com portas e janelas lacradas, enquanto a outra se torna um prestigioso objeto de culto. É no silêncio posterior à narrativa que vale a pena salientar um sutil sentido social que aflora: nos bairros das classes médias das grandes cidades brasileiras, como pode ser o caso da cidade e do bairro não nomeados da história, as casas estão com os dias contados. Podem muito raramente sobreviver como ícones arquitetônicos, ironicamente destinadas a não mais — ou cada vez menos — cumprir sua função primordial de moradia para pessoas, ou então permanecerão desabitadas até que o futuro próximo se encarregue de derrubá-las para abrir espaço a um prédio, um condomínio fechado ou um bairro planejado.

A tragédia dos Larsen, olhada desse ângulo, é apenas uma névoa sobre essa tragédia mais ampla. Digo isso pensando no adensamento dessas questões nas obras posteriores da Carol, nas quais se reiteram as "últimas casas de uma rua" ou algo do gênero: a casa salmão da família de Antônia, em *Sinuca embaixo d'água* (2009), e todo bairro onde ela se situa; a casa da mãe de Cora, em *Todos nós adorávamos caubóis* (2013); a dos pais de Arthur, em *O clube dos jardineiros de fumaça* (2017); a casa da Praça Horizonte, da família Matzenbacher, em *Diorama* (2022). Não se trata só de casas, mas de todo um modelo cultural de ocupação do espaço urbano — a convivência entre vizinhos, a (des)ocupação das praças, as formas de locomoção, a sensação de (in)segurança, etc. — e, consequentemente, de construção da vida em sociedade. Uma marca desse Brasil do final do século 20 e início do 21. Esses temas e seus inúmeros desdobramentos, da especulação imobiliária às formas de viver a cidade, aliás, também mobilizaram a Carol ensaísta — alguns desses textos foram reunidos em *Uma estranha na cidade* (2016). Ao que parece, o mesmo zeitgeist que produziu obras-primas do cinema, como *O som ao redor* (2012) e *Aquarius* (2016), longas de Kleber Mendonça Filho.

Mas a imposição de outro modelo urbanístico-arquitetônico, que pode estar apenas sugerida em *A caixa*, ganha centralidade em *Falta céu*. Aqui, estamos espacialmente deslocados, "numa cidade bem pequena entre duas mais ou menos grandes" (p. 61), mas que vive, precisamente, outras consequências — um dos outros vértices — do mesmo processo: a destruição impiedosa da vegetação nativa para a construção do Golden River Banks, um condomínio que assenta sua imagem — veja só! — na proximidade com a natureza que está pondo abaixo. Isso tudo percebido, ou cifrado, através dos olhos das irmãs Lina e Titi, que vivem a também turbulenta transição da infância para a adolescência. Olhos ao mesmo tempo internos (porque locais) e externos (porque infantojuvenis) ao que está em jogo, ainda incapazes de perceber que há um jogo sendo jogado.

Cidades pequenas, algo decadentes e um tanto entediantes, aliás, formam grande parte do itinerário ziguezagueante de Cora e Julia em *Todos nós adorávamos caubóis*. Em outra ponta, a milhares de quilômetros, a maquiagem urbanístico-publicitária também é um fenômeno que Arthur, em *O clube dos jardineiros de fumaça*, presencia no condado de Mendocino, Califórnia, com a transformação de uma antiga comunidade hippie em uma espécie de pousada metida a besta que vende "experiências de curto prazo" pelo Airbnb.

A terceira história, *Capitão Capivara*, também se desenrola entre a expectativa de conforto de alguns e o tédio de outros. Agora, o elemento arquitetônico e social, um hotel de luxo nas montanhas — mas nem tão de luxo quanto já foi, porque, enfim, os tempos são outros —, possibilita que se entrancem as duas linhas narrativas: Carlo Bueno precisa escrever mesmo estando no limite da sua vontade de viver; Clara precisa se transformar numa pelúcia gigante para um dia, quem sabe, poder viver só de escrever; Carlo Bueno já não pode mais se ver de outra forma que não um escritor corrompido; Clara já não pode se ver em absoluto, enfurnada que está na sua fantasia de Capitão Capivara.

De novo, temos a publicidade, uma espécie de antiarquitetura, em *Pó de parede*: exterioridade sem interioridade, aparência sem estrutura. Com seu incansável e autorrenovável trabalho discursivo, a publicidade dá as cartas do jogo social, deformando impiedosamente os indivíduos que passam a (vi)vê-lo pelas entranhas, em meio ao merchan a embutir no romance e às casinhas cenográficas que se espalham pelo vale. O resultado, como se vê, é claustrofóbico.

(Abrindo um parêntese para uma rápida, indiscreta e irrelevante interpretação biográfica: além do significado metaliterário que Carlo Bueno e Clara oferecem à história, ainda mais num livro de estreia, a escolha desses nomes anagrâmicos seria algum tipo de ritual de autoexorcismo da própria Carol, que chegou a atuar como redatora publicitária por alguns anos? Uma tomada de partido? Uma declaração, consciente dos riscos a assumir, de que o caminho seria esse?)

Quero dizer, em suma, que o espaço atua, em cada uma das três histórias e no conjunto delas, como um intensificador do problema da identidade: arquitetônica, individual e social. Arquitetura como identidade projetada — em toda a polissemia do adjetivo —, identidade como arquitetura de si.

Inadequados

O problema da identidade, bem sabemos, não deriva só da arquitetura, porque a identidade é a resultante da interação de pelo menos três ingredientes inseparáveis: família, infância e proveniência geográfica/social. Ou seja, o problema da identidade é o problema da origem

— o problema de sermos já tanta coisa antes mesmo de existirmos, o problema de outros quererem ditar o que seremos, o problema de querermos ser algo para (e por) nós mesmos. Origem como trauma. Origem como karma. Origem como destino.

Nas histórias de *Pó de parede*, o problema da identidade, que vem do problema da origem, se manifesta, a meu ver, a partir da ideia de inadequação. Não se trata, porém, de algo escancarado, com personagens espalhafatosos e deliberadamente estranhos (nem mesmo Carlo Bueno, que fica o tempo todo se definindo como um sujeito inadequado, o é; prova disso é que vagueia pelo hotel sem ser suficientemente famoso para ser notado nem suficientemente estranho para chamar atenção, mas como um ilustre desconhecido). Trata-se, isso sim, de uma inadequação interiorizada, afetiva: um silencioso e solitário processo de fermentação-eclosão da inadequação, que vai sendo percebido pelos sujeitos à medida que a experienciam. O registro desse processo, arrisco dizer, é um dos núcleos de toda a literatura da Carol.

Há muitos inadequados em *Pó de parede*. Alice, em *A caixa*: os pais e a casa modernista são as bases do problema da origem, e a questão da identidade vem à tona com a ampliação dos limites físicos e sociais do mundo (a escola, a praça, o bairro, os vizinhos, os primeiros amigos). Lina, em *Falta céu*: a "cidade besta" (p. 63) é a base do problema de origem, e a condição familiar (socioeconômica) de João e a construção do condomínio dão início ao problema da identidade. Clara, em *Capitão Capivara*: a "saída dramática" (p. 91) da casa dos pais como problema da origem, e o emprego no hotel e a pretensão literária como desencadeadores do problema da identidade.

Mas essa inadequação de Alice, Lina e Clara não está simplesmente no estranhar-se a partir do confronto com *o outro* — afinal, esse é, essencialmente, o inevitável processo de socialização e constituição do psiquismo. A inadequação reside na experiência dessa estranheza, primeiramente vivida como desconforto, mal-estar (o desmaio de Alice na reunião dançante, o tédio profundo de Lina, a impossibilidade de Clara de se locomover sozinha quando dentro da fantasia), e então como desenvolvimento de uma consciência profunda de si.

Inadequação, em síntese, é autoconsciência. E, com ela, o ridículo inevitável de *enxergar-se fazendo coisas*, como quem se vê, simultaneamente, de dentro e de fora, seja durante os acontecimentos, seja de forma retrospectiva. Penso, por exemplo, na cena teatral de Lina jogando as cartas dentro da betoneira, em Clara vestida de Capitão Capivara, no clima *Anos incríveis* de *A caixa*, e em tantas outras situações com personagens de livros posteriores. Fico apenas com duas: Cora terminando uma frase de impacto junto com o clique do cinto de segurança, numa das cenas iniciais de *Todos nós adorávamos caubóis*, e Arthur querendo desesperadamente ser alguém que usa botas em *O clube dos jardineiros de fumaça*.

Origem, identidade, inadequação e autoconsciência. Tudo, enfim, parece levar à questão das escolhas, da liberdade individual: no sentido mais profundo das histórias, perguntas como "quem sou eu?", "quem eu quero ser?", "como faço para ser o que eu quero?", "o que, afinal, eu posso realmente escolher para mim?", "qual é o preço das minhas escolhas?", "até que ponto sou capaz de fugir do meu passado?", que considero *as grandes questões* do romances da Carol, já estão de alguma forma sugeridas, insinuadas, antecipadas em *Pó de parede*. No conjunto, formam algo como uma ética da inadequação que leva a agir.

Numa espécie de continuidade, os personagens da Carol, majoritariamente estáticos em *Pó de parede* — inclusive Alice, cuja saída é basicamente contada da perspectiva do retorno —, passarão a entrar em movimento, nos seus romances, a partir dessa ética da inadequação: andando em círculos em *Sinuca embaixo d'água* (ainda o clima claustrofóbico) e *Todos nós adorávamos caubóis* (mais amplos e explorando outras matizes da identidade regional-nacional, mas, ainda assim, círculos), para então saírem pela tangente em *O clube dos jardineiros de fumaça* e *Diorama*. *Capitão Capivara*, por sinal, com a corrida de Clara e a ausência de ponto final, termina bem nessa tangente, nesse início de movimento.

Afastando um pouco a lente, é interessante pensar na inadequação também como elemento estrutural — arquitetural, para retomar a conversa anterior — das narrativas e na própria questão do gênero literário. Afinal, estamos falando de um livro de contos? Ou de novelas — denominação que, hoje em dia, interessa basicamente a professores de literatura? Quer se trate de um, quer de outro, é notável a preocupação (e a competência na execução) com a arquitetura interna das histórias, com divisões e subdivisões, idas e vindas temporais, alternância de narradores ou focalizadores — características mais afeitas às narrativas longas, que a Carol viria a explorar com cada vez mais maestria nos romances. Ou seja, a inadequação de gênero é acompanhada de (e produzida por) uma forte autoconsciência estrutural: a Carol entrou no conto/novela pela tangente do romance.

Detetives

O último aspecto que gostaria de destacar, que começa em *Pó de parede* e me parece constituir outro traço maior de toda a literatura da Carol, é o tom detetivesco das histórias. E é mesmo algo que está logo no início, já na cena de abertura de *A caixa*, com Tomás arrancando a tábua que lacrava a janela da casa abandonada dos Larsen para, munido de uma lanterna, examinar seu interior — o da casa e o seu próprio, pela memória. Ou seja, entramos na obra da Carol por uma fresta investigativa, fresta essa que sempre vai deixar entrar alguma luz — às vezes em lampejos, às vezes em clarões duradouros.

Lina e Titi espionam as obras, em *Falta céu*, e depois o caso entre o empregado e Alzira, mas não é isso que move ou muda os rumos da história. E, bem, em *Capitão Capivara*, temos um autor de romances policiais, uma jovem que perambula pelo hotel usando um disfarce (ridículo, mas um disfarce) e uma espécie de cena de interrogatório que confirma o que as câmeras de segurança haviam registrado.

Pode parecer que estou exagerando, mas os romances da Carol comprovam minhas suspeitas. Em *Sinuca embaixo d'água*, além de Bernardo, que está a maior parte do tempo investigando por conta própria a morte de Antônia — não para resolvê-la, mas para resolver o próprio luto —, encontramos Polaco como um foragido do próprio passado, prestes a ser descoberto. Já em *Todos nós adorávamos caubóis*, Cora está o tempo todo tentando decifrar indícios no comportamento de Julia, que, por sua vez, guarda um segredo familiar que só veio a descobrir depois de muito tempo e de boas doses de desconfiança. Em *O clube dos jardineiros de fumaça*, não bastasse a história da proibição e da desproibição da maconha estar rodeada de polícia, não bastasse a cena da batida policial na casa da família do protagonista, ainda temos Arthur tentando se adaptar à nova vida no condado de Mendocino sempre averiguando, indagando, espiando, apurando vestígios, não ditos e subentendidos. E, bem, esse continuum policialesco tem seu ponto culminante em *Diorama*, romance em que realmente há um crime. Um crime, porém, investigado muito antes da narrativa começar, e que permanece irresolvido, mas Cecília, protagonista e filha do principal suspeito e único acusado pelo crime, segue lá, com sua caixa cheia de evidências e seu histórico de depoimentos colhidos, às voltas com seu passado e com sua família.

Frestas investigativas, mas não histórias policiais. O que temos, na verdade, são personagens com uma propensão a investigar. Um temperamento detetivesco, eu diria. Personagens que investigam, mas investigam algo, no fim das contas, impossível de solucionar: o próprio passado, a própria identidade, a própria inadequação que os move. Um interessante ponto de contato, nesse aspecto, com a obra do nobelizado Patrick Modiano.

Consequência técnica número um: personagens perspicazes, com forte senso de observação, o que contamina a narração ou a focalização, resultando numa prosa algo cinematográfica, saborosamente rica em detalhes, que se oferece ao leitor como algo a ser visto.

Consequência técnica número dois: prosa algo cinematográfica, mas não a de uma câmera neutra, uma vez que esse caráter observador-descritivo que se transmite para a frase está sempre atrelado a ponderações e suposições, deduções e rememorações. Três frases de *A caixa* bastam para exemplificar:

> Então Alice estava havia um ano e meio em Paris e só agora pegou o trem para fora da cidade, quarenta minutos para fora da cidade, sentindo primeiro o cheiro do pain au chocolat nos subsolos da estação Chatêlet Les Halles e sabendo que, embora o sentisse com frequência, era a essa manhã que ele remeteria mais tarde. Nós sempre sentimos o momento exato em que a memória está sendo criada, Alice pensava, e o trem a essa hora já saíra para a superfície, com a periferia de Paris e suas casas de costas e a tristeza de todos aqueles jardins raquíticos. As folhas iam e os galhos ficavam, apontando para o céu em tufos desesperados como mãozinhas finas pedindo clemência (p. 50).

Consequência técnica número três: a história como montagem de peças, isto é, decorrente de um minucioso trabalho nas transições de tempo e espaço, na alternância de posições narrativas, no encaixe de blocos de texto. Mas isso eu já comentei no parágrafo final da seção anterior, precisamente no momento em que tentava associar o elemento arquitetural à ética da inadequação. Agora é a vez de encaixar o temperamento detetivesco.

No fim das contas, a conclusão é muito simples, e já a conhecemos há bastante tempo: quando se trata de grandes obras e grandes autores, cada elemento — uma frase, um parágrafo, um capítulo, uma história, um livro — determina os outros, ao mesmo tempo que é determinado — imantado, realçado, enriquecido — por eles. Vale para a Carol e para este *Pó de parede*. Vale também para o que veio depois e o que ainda virá.

Diego Grando
Fevereiro de 2023

Copyright © 2008 Carol Bensimon

CONSELHO EDITORIAL
Eduardo Krause, Gustavo Faraon, Luísa Zardo,
Nicolle Garcia Ortiz, Rodrigo Rosp e Samla Borges
REVISÃO
Rodrigo Rosp e Samla Borges
CAPA E PROJETO GRÁFICO
Luísa Zardo
FOTO DA AUTORA
Melissa Fornari

DADOS INTERNACIONAIS DE
CATALOGAÇÃO NA PUBLICAÇÃO (CIP)

B474p Bensimon, Carol.
Pó de parede / Carol Bensimon — 2. ed.
— Porto Alegre : Dublinense, 2023.
128 p. ; 21 cm.

ISBN: 978-65-5553-097-1

1. Literatura Brasileira. 2. Contos
Brasileiros. I. Título.

CDD 869.937

Catalogação na fonte:
Ginamara de Oliveira Lima (CRB 10/1204)

Todos os direitos desta edição
reservados à Editora Dublinense Ltda.
Porto Alegre • RS
contato@dublinense.com.br

Publicado originalmente em junho de 2008 pela Não Editora,
casa de livros porto-alegrense formada por Antônio Xerxenesky,
Guilherme Smee, Lu Thomé, Gustavo Faraon, Rafael Spinelli,
Rodrigo Rosp e Samir Machado de Machado.

Descubra a sua próxima
leitura em nossa loja online

dublinense .COM.BR

Composto em TIEMPOS e impresso na BMF,
em PÓLEN BOLD 90g/m², em MAIO de 2023.